영미시의 매혹

영미시의 매혹

스물네 명의 영미 시인이 선물한 찬란한 순간들

김혜영 지음

산지니

머리말

지구가 점점 뜨거워지는 것을 실감하는 긴 여름이 지났습니다. 지난겨울에 한국에는 눈이 많이 내렸는데, 저 멀리 미국 텍사스와 호주에 거대한 산불이 일어나 쉬이 꺼지지 않던 기억이 스칩니다. 기후 위기로 인해 지구가 점점 건조해지고 빙하가 녹아내려 걱정입니다. 지구 곳곳에서 발생하는 사건들이 이제는 모든 사람의 일과 연결이 됩니다. 이렇게 변화가 빠른 요즘에는 영상 매체의 위력이 더 강하게 다가옵니다. 안방에서 전 세계의 영화와 드라마를 볼 수 있는 시대에 시를 읽는 것이 때로는 조금 지루하기도 합니다.

그럼에도 불구하고 저는 어린 시절부터 시에 매료된 삶을 살아왔습니다. 어머니가 좋아한 러시아 시인 알렉산드르 푸시킨(Alexander Pushkin)의 「삶이 그대를 속일지라도」 시 구절이 떠오릅니다. "삶이 그대를 속일지라도/ 슬퍼하거나 노여워 말라/ 슬픈 날을 참고 견디면/ 기쁜 날이 오리니"라는 푸시킨의 시는 문학소녀였던 어머니의 가슴에 평생토록 남아 있습니다. 문학을 사랑하는 마음을 늘 간직하셨던 어머니께서 최근에 하늘나라로 가셨습니다. 남해 창선의 선산에 모실 때 아버지가 마중을 나오신 듯 하늘에 천사처럼 생긴 구름이 보였습니다. 어머니의 향기로운 삶과 물려주신 문학적 유산은 제게 살아남아 숨 쉴 것입니다.

『영미시의 매혹』은 영국과 미국의 시인들 가운데 저를 매혹시킨 시인들의 시를 소개하면서, 시에 대한 비평과 우리의 삶에 대한 이야기를 함께 담고 있습니다. 이 산문들은 코로나19가 시작되었던 2020년 1월부터 2022년 12월까지 〈부산일보〉의 문화칼럼에서 '김혜영의 시인의 서재'에 연재된 글들입니다. 신문 지면은 분량이 한계가 있어 시의 일부분만 글 속에 인용할 수밖에 없어 아쉬웠습니다. 그래서 『영미시의 매혹』에서는 각 24편의 에세이에 영시 원문과 한글 번역을 추가하고, 시인들의 간단한 약력을 함께 수록했습니다.

독자들이 생소하고 어려운 영시를 보다 쉽게 읽을 수 있는 데 도움이 되었으면 합니다. 영문으로 쓴 시와 번역시를 함께 읽으며 두 언어 사이의 기묘한 아름다움과 번역의 맛을 느끼는 것은 새로운 예술적 경험이 될 것입니다. 이국적인 영미시를 읽음으로써 그들의 삶 또한 우리와 크게 다르지 않음을 알 수 있습니다. 모두가 저마다 감내해야 하는 고통을 겪으며 발견한 삶의 의미와 기쁨의 흔적을 시를 통해 마주합니다. 죽음이 있어 더 고귀하게 빛나는 삶의 찬란함을 매 순간 누리시기를 희망합니다.

2024년 12월
해운대 동백섬을 보면서

차례

1부

Meeting at Night

My Last Duchess

I Wandered Lonely As a Cloud

Twenty—One Love Poems

The Landscape Near an Aerodrome

Consorting with Angels

Stopping By Woods on a Snowy Evening

The Wild Swans at Coole

Love from the North

신사의 품격¹
로버트 브라우닝

🔸

영국에서 '신사(gentleman)'가 출현한 시기는 19세기 후반 빅토리아 여왕이 재위한 기간이다. 그 이전엔 영국 신사라는 말이 선뜻 떠올려지지 않았고, 로마 제국이 유럽을 지배할 당시에는 저 먼 섬나라에 거주하는 야만인(barbarian)으로 불렸다. 영국 역사상 지배력이 가장 확장된 시기에 국민의 품격도 자연스레 올라갔던 것이다. 하지만 최근 브렉시트 사태를 보면서 그런 측면이 퇴화해가고 있음을 실감한다.

종교 박해를 피해 이주한 청교도들이 건설한 미국에서도 트럼프 대통령은 이윤 추구에 골몰하는 사업가처럼 국제 정치를 쥐락펴락하고 있다. 신사의 품격은 어디로 가고 있는가? 신사의 근사한 이미지 뒤에는 자본의 위력이 뒷받침하고 있음을 감지할 수 있지만 그 이면에 기사도 정신을 계승한 사회 공헌의 흔적도 남아 있다. 여성, 아동, 장애인 등의 사회적 약자를 먼저 배려하는 정신과 상류 계급인 귀족들이 전쟁터로 먼저 달려가는 태도는 큰 미덕이다.

빅토리아 시대를 대표하는 시인인 로버트 브라우닝(Robert Browning)과 아내인 엘리자베스 배럿 브라우닝(Elizabeth Barrett Browning)은 영문학사에서 가장 아름다운 사랑을 한 연인으로 일컬어진다. 브라우닝은 초기에 엘리자베스만큼 유명한 시인은 아니었지만 여섯 살 연상이며 머리와 척추에 통증이 심했던 그녀를 사랑하게 된다. 그녀의 아버지가 완강하게 반대했기에 그들은 이탈리아 피렌체로 가서 비밀리에 결혼한다. 엘리자베스는 노예제도를 반대했으며 아동 노동법을 개혁해야 한다는 정치의식을 갖고 있었다. 몸이 약해서 네 번이나 유산을 하고 아들을 낳았으나 그녀는 1861년에 55살에 사망한다. 그녀를 품 안에 안고 임종을 지켰던 브라우닝은 "그녀가 웃으며, 행복하게, 소녀의 얼굴로 죽었다"라고 말했다.

보수적인 영국 사회에서 연상의 아픈 여인을 사랑해서 야반도주를 감행한 브라우닝의 낭만과 끝까지 신의를 지킨 부부의 사랑 덕분에 이들은 영문학사에서 연애시를 논의할 때 자주 언급된다. 브라우닝의 「밤의 밀회(Meeting at Night)」나 「아침의 이별(Parting at Morning)」 같은 연애시는 짧지만 사랑에 빠진 연인의 두근거리는 심장의 떨림을 전달한다. 특히 「밤의 밀회」에서는 깊은 밤에 애인의 창가로 가서 만나는 은밀한 광경을 "기쁨과 두려움 속에서, 두 심장이 두근거리는 소리보다,/ 더 낮게 소곤거리는 한 목소리!(And a voice less loud, through its joys and fears,/ Than the two hearts beating each to each!)"라고 표현한다. 아버지에게 들킬지 모를 두려움 속에서 남몰래 연인을 만나는 달콤함과 설렘을 생동감 있게 전달한다. 역시 시인은 사랑에 빠져야 좋은 시를 쓸 수 있나 보다.

빅토리아 시대에 신사가 출현하긴 했지만 속물적인 근성 또한 팽배했다. 결혼이라는 제도가 순수한 사랑보다는 가문 의 거래나 지참금을 수반하는 경우가 많았다. 그런 점에서 은행가 집안의 아들이었던 브라우닝의 사랑은 순수한 낭만 이 있어 당대뿐만 아니라 현대의 독자들에게도 매혹적으로 다가온다. 그가 극적 독백 기법으로 쓴 「나의 전처 공작부인 (My Last Duchess)」에서는 결혼을 자본의 거래로 간주하는 아 주 위선적이고 권위적인 공작이 등장한다. 공작의 대화가 전 개되는 이 시에서 화자는 죽은 전처를 은근히 비판하고, 자 신의 재력을 과시하면서 중매인에게 결혼 지참금을 요구하 는 모습을 보여준다. 브라우닝은 사랑이 아닌 소유와 권력이 지배하는 빅토리아 시대의 결혼 풍습을 극적 독백의 방식으 로 비판한다.

현대 사회에서 신사는 어떻게 정의되어야 할까? 이상적으 로 미화만 할 수 없는 현실이지만 신사의 품격에 대해 생각 해 본다. 신자유주의의 여파로 전 지구적으로 천박한 자본주 의로 퇴행하는 자화상들이 넘쳐난다. 여성 혐오와 여성 혐오 표현에 대한 '미러링(거울처럼 반사해서 보여주기)'으로 생산된 '한남충', '개저씨,' '애비충' 등이 사라지는 사회가 도래하기 를 바란다. 대신에 인종, 젠더, 계층 등의 장벽을 뛰어넘어 부드러우면서도 강인한 신사들의 삶이 펼쳐지기를 소망한다. 그러면 자연스레 '세계에서 가장 멋진 신사는 한국 남자'라는 말이 유행어처럼 번지지 않을까. 전 세계 여성의 흠모 대상이 한국 남자라는 사실! 상상만 해도 즐겁다.

밤의 밀회

회색 바다와 어둡고 긴 땅에,
커다란 노란 반달이 낮게 걸려 있다,
화들짝 놀란 잔물결들이 튀어 오르고
잠든 물결에서 깨어난 조그만 불같은 고리들,
나는 뱃머리를 밀어 만에 닿아,
질퍽거리는 모래 속에서 배의 속도를 멈춘다.

그 후에 따스한 바다 향이 번지는 1마일의 해변,
농장이 나타날 때까지 건너는 세 개의 들판,
창문을 똑똑 두드리면, 휙 빠르게 긋는 소리,
그리고 불 켜진 성냥의 파란 불꽃,
기쁨과 두려움 속에서, 두 심장이 두근거리는 소리보다,
더 낮게 소곤거리는 한 목소리!

Meeting at Night

The gray sea and the long black land;
And the yellow half—moon large and low;
And the startled little waves that leap
In fiery ringlets from their sleep,
As I gain the cove with pushing prow,
And quench its speed in the slushy sand.

Then a mile of warm sea—scented beach;
Three fields to cross till a farm appears;
A tap at the pane, the quick at sharp scratch
And blue spurt of a lighted match,
And a voice less loud, through its joys and fears,
Than the two hearts beating each to each!

나의 전처 공작부인

페라라 공작

저 벽에 걸린 초상화는 내 전처인 공작부인입니다,
마치 그녀는 살아 있는 것처럼 보이지요.
지금 보니 경이로운 걸작이네요. 판돌프 수사의 손이
하루 종일 분주히 움직이더니, 저렇게 그림 안에 그녀가 서
있네요.
앉아서 한 번 보시겠습니까? 나는 "판돌프 수사"를
일부러 의도를 갖고 언급했어요, 당신 같은 낯선 분들은
저 그려진 얼굴의 진지한 시선의 깊이와 열정을
결코 읽을 수 없기 때문입니다,
그러나 그들이 나를 향해 몸을 돌려(나를 제외하고 그 누구도
당신을 위해 휘장을 열 수 없기 때문이지요)
감히 물을 수 있다면, 질문하고 싶어 합니다,
어떻게 저런 눈빛이 그려질 수 있을까요, 선생님,
제게 몸을 돌려 그렇게 묻는 일이 당신이 처음은 아닙니다.
그래요, 내 전처인 공작부인의 뺨에 생긴 홍조는
남편 앞에서만 생기는 것이 아닙니다,
아마 판돌프 수사가 지나가는 말로,

"망토가 공작부인의 손목을 너무 가립니다." 또는

"부인 목 언저리에 연하게 비치는

부드러운 홍조를 표현할 엄두를 못 내겠습니다."라고

이런 헛소리를 하면 전처는 그것을 예의라 여기고

홍조를 띨 충분한 이유라고 생각했지요.

전처의 마음은—뭐랄까?—너무 빨리 기뻐하고,

너무 쉽게 감동했지요. 그녀는 쳐다보는 것마다

좋아했고, 그녀의 시선은 모든 곳을 보았지요.

선생님, 그런 태도로 모두에게 대했지요, 내가 준 가슴에 다

는 브로치,

서편에 지는 저녁노을, 어떤 거들먹거리는 바보가

과수원에서 꺾어 그녀에게 바친 벚꽃 가지,

그녀가 타고 테라스를 돌아다니던 흰 망아지—

이 모든 것이 하나같이 그녀의 감탄을 자아내었고,

아니면, 적어도 얼굴을 붉혔지요. 그녀는 남자들에게 감사했

고—괜찮아요!

하지만 그녀가 감사하는 것이—어떻게 그럴 수 있는지 모르

겠지만—

구백 년의 명성을 지닌 내 가문의 선물을

어떤 하찮은 녀석의 선물하고 대등하게 취급하는 느낌이었

지요.

누가 구차하게 이런 하찮은 일을 나무라겠소?

비록 말재주가 있어—(난 그런 재주가 없지만)—이런 사람에

게 의사를

아주 분명하게, "바로 당신의 이런저런 점이

내 비위를 상하게 합니다, 이런 점이 부족하고,

저런 점은 표현이 지나치오,"라고 말한다 한들―그녀가

이런 꾸중을 순순히 받아들이고, 맞서서

따지지 않고, 정말로 사과한다 한들―

그것도 좀 자존심이 상하는 일이지요. 그래서 난 그런 자존심

상하는 일을 하지 않기로 선택했어요. 아, 의심의 여지없이,

내가 그녀 곁을 지나갈 때마다, 그녀는 미소 지었지요.

하지만 그런 미소를 받지 못하는 사람이 없었지요.

이런 일이 자주 일어났기에, 난 명령을 내렸소,

그래서 모든 미소가 딱 그쳤지요. 저기 그녀가 마치

살아 있는 듯 서 있네요. 선생님, 자 일어나 아래층의

손님들을 만나러 가실까요? 거듭 말씀드리지만,

선생님의 주인 되시는 백작의 관대함은 널리 알려져 있어

결혼 지참금에 대한 나의 정당한 요구를

거부하지 않을 것으로 확신합니다.

내가 원하는 것은, 처음에 밝혔듯이, 백작의 아름다운 따님이

지만요.

자, 아래층으로 같이 내려갑시다. 저 해마를 길들이고 있는

넵튠(Neptune) 조각상을 보십시오. 진귀한 명품입니다.

인스브루크의 클라우스가 날 위해 청동으로 주조한 것입니다!

My Last Duchess

Ferrara

That's my last Duchess painted on the wall,
Looking as if she were alive. I call
That piece a wonder, now: Frà Pandolf's hands
Worked busily a day, and there she stands.
Will't please you sit and look at her? I said
"Frà Pandolf" by design, for never read
Strangers like you that pictured countenance,
The depth and passion of its earnest glance,
But to myself they turned (since none puts by
The curtain I have drawn for you, but I)
And seemed as they would ask me, if they durst,
How such a glance came there; so, not the first
Are you to turn and ask thus. Sir, 'twas not
Her husband's presence only, called that spot
Of joy into the Duchess' cheek: perhaps
Frà Pandolf chanced to say, "Her mantle laps
Over my lady's wrist too much," or "Paint

Must never hope to reproduce the faint

Half—flush that dies along her throat": Such stuff

Was courtesy, she thought, and cause enough

For calling up that spot of joy. She had

A heart—how shall I say?—too soon made glad,

Too easily impressed; she liked whate'er

She looked on, and her looks went everywhere.

Sir, 'twas all one! My favour at her breast,

The dropping of the daylight in the West,

The bough of cherries some officious fool

Broke in the orchard for her, the white mule

She rode with round the terrace—all and each

Would draw from her alike the approving speech,

Or blush, at least. She thanked men—good! but thanked

Somehow—I know not how—as if she ranked

My gift of a nine—hundred—years—old name

With anybody's gift. Who'd stoop to blame

This sort of trifling? Even had you skill

In speech—(which I have not)—to make your will

Quite clear to such an one, and say, "Just this

Or that in you disgusts me; here you miss,

Or there exceed the mark"—and if she let

Herself be lessoned so, nor plainly set

Her wits to yours, forsooth, and made excuse—

—E'en then would be some stooping; and I choose

Never to stoop. Oh, sir, she smiled, no doubt,

Whene'er I passed her; but who passed without

Much the same smile? This grew; I gave commands;

Then all smiles stopped together. There she stands

As if alive. Will't please you rise? We'll meet

The company below, then. I repeat,

The Count your master's known munificence

Is ample warrant that no just pretense

Of mine for dowry will be disallowed;

Though his fair daughter's self, as I avowed

At starting, is my object. Nay, we'll go

Together down, sir. Notice Neptune, though,

Taming a sea horse, thought a rarity,

Which Claus of Innsbruck cast in bronze for me!

로버트 브라우닝(Robert Browning, 1812~1889)

∽

브라우닝은 영국의 시인이자 극작가이다. 그는 정규교육을 거의 받지 않고 은행원이었던 아버지로부터 그리스어와 라틴어의 기초를 배웠다. 1828년 런던대학에 입학했지만 첫 학기 도중에 그만두었고, 바이런(George Gordon Byron)과 셸리(Percy Bysshe Shelley)의 영향을 받아 시인이 되었다. 그는 알프레드 테니슨(Alfred Tennyson)과 더불어 빅토리아 왕조 시대를 대표하는 시인이다. 그의 시는 인간의 강렬한 욕망과 탐욕 등을 극적 독백으로 표현한 것이 특징이다. 당시에는 여섯 살 연상의 아내였던 엘리자베스의 시가 더 인기 있었지만 사후에는 브라우닝의 시가 지닌 현대성이 재조명되어 더 중요한 시인으로 자리매김하게 된다. 시집으로 『폴린: 고백의 단편(Pauline: A Fragment of a Confession)』(1833), 『남과 여(Men and Women)』(1855), 『등장인물(Dramatis Personae)』(1864), 『반지와 책(The Ring and the Book)』(1868) 등이 있다.

엘리자베스 배럿 브라우닝
(Elizabeth Barrett Browning, 1806~1861)

수선화 화분을 사다'
윌리엄 워즈워스

~

봄이 왔는데 겨울옷을 입고 산책을 나간다. 마스크가 부족하다기에 면 마스크를 여러 개 샀다. 나는 마스크를 썼지만 봄꽃은 아무 걱정이 없는 듯 하늘하늘 피어 있다. 공동 연구실에 봄 향기를 전하고 싶어 꽃집에 가서 수선화 화분을 샀다. 긴 겨울을 견디고 피어난 구근 식물을 보면 황홀하다. 빨간 튤립, 노란 수선화 그리고 히아신스의 향기를 맡으면 행복하다. 그리스 로마 신화에서 수선화와 히아신스는 미소년의 죽음에 얽힌 전설을 가지고 있다. 봄날에 피어나는 저 꽃들에 소년들의 애환과 가슴 아픈 사랑이 녹아 있다.

수선화는 나르시시즘과 연관되어 더 특별하게 다가온다. 나르키소스는 '자기애'에 빠져 타자보다 자신을 더 사랑해 물속에 비친 자신의 그림자를 안으려다 그만 물속에 빠져 죽는다. 요정 에코가 그에게 사랑을 애원했지만 그는 눈길 한 번 주지 않았다. 나중에 에코의 사랑은 증오로 변해 복수의 여신 네메시스에게 기도를 청하게 된다. 나르키소스는 처음으로 만나는 대상을 사랑하게 되는 저주에 걸리고 자기 자신을 사랑하게 된다.

현대에도 나르시시즘이 자주 호명되는 이유는 인간 본성에 '자기애'가 깊이 뿌리박고 있기 때문이다. 자신이 타자보다 우월하고 먼저 존중받아야 한다고 생각하지만 현실에서는 그렇지 않은 경우가 많다. 무한 경쟁으로 치닫는 사회에서 늘 비교당하고 차별받고 무시당하는 게 일상이다. 이런 현대인의 내면을 교묘히 파고들어 오는 유혹의 손길을 경계할 필요가 있다.

기독교 교리를 왜곡하거나 변형시켜 자기애를 은밀히 강화하는 사례도 많다. 성경에 나오는 '추수꾼'이란 표현을 따와서 우리만 천국에 들어갈 수 있다는 믿음, 즉 '집단적 자기애'를 공고화하려는 전략이다. 우리 교회에 다녀야만 구원을 받는다는 편협한 논리는 중세 교회가 면죄부를 판매하면서 권력과 돈에 휘둘리던 모습과 겹쳐진다. 구원은 어디에나 열려 있다. 하느님은 죄인이나 악인이나 모두 사랑하시기에 그런 차별이 존재하지 않는다.

미래 사회에는 어쩌면 종교가 이 지구상에서 사라질지도 모른다. 교회나 절 같은 외부적 성소보다는 개인의 내면에 자리한 신성에 더 관심을 가지게 될 것이다. 인간의 지성이나 통찰력이 성숙해져 종교 지도자에게 의존하는 상황을 선호하지 않을 것이다. 왜냐하면 메시아는 그렇게 쉽게 오지 않으며, 자신을 메시아라고 칭하는 사람은 탁월한 사기꾼일 확률

이 높기 때문이다.

최근 영화 〈기생충〉 포스터처럼 눈을 가린 한국의 몇몇 이상한 종교 지도자들에게 '미션 테스트'를 하는 코믹한 사진이 SNS에 떠돌았다. 예수가 행한 기적 가운데 떡 다섯 개와 생선 두 마리로 수천 명을 먹였다는 '오병이어(五餠二魚)의 기적' 선보이기, 앉은뱅이 고치기, 물 위를 걷기, 그리고 마지막으로 '부활하기'가 그것이었다. 그 사진을 보니 웃음이 터져 나왔다. 메시아라는 존재보다 현 상황을 패러디하는 대중의 위트에 더 높은 점수를 주고 싶다. 아무나 메시아가 되는 것이 아니다. 성철 스님이 신도들에게 '스님 자신의 말에 속지 말라'고 당부하시던 모습이 떠오른다.

그리고 영국의 낭만주의 시인인 윌리엄 워즈워스(William Wordsworth)의 시 「나는 한 조각 구름처럼 외로이 떠돌았네(I Wandered Lonely As a Cloud)」가 떠오른다. 워즈워스가 호숫가를 산책하다 수선화가 무리 지어 핀 것을 본 후에 그 장면을 회상하면서 쓴 시이다. "나는 골짜기와 언덕 너머로 하늘 높이/ 떠도는 구름처럼 외로이 떠돌았네./ 나는 문득 수많이 피어난/ 황금빛 수선화 무리를 보았네,/ 호숫가 나무들 아래에서/ 미풍에 하늘하늘 춤추는 모습을" 이렇게 전개되는 이 시는 이십 대 나이에 읽었는데 봄이 오면 늘 아름다운 환영으로 되살아난다.

워즈워스는 프랑스 대혁명을 지지하면서 자유와 평등을 부르짖었던 청년기에 이 시를 썼다. 18세기의 영국 시단은 귀족을 위한 시를 지향하고 있었다. 시인들은 시의 외형적 형식에 치중했고 장식적인 수사가 넘쳐났다. 새로운 젊은 시인은 소박한 농민들의 삶을 시 속에서 발라드 형식으로 노래했다. 어렵고 화려한 수사가 아닌 평범한 일상어로 소탈한 삶을 표현했다. 그러한 시적 전환 역시 시대적 의식이 투영된 것이다. 민주주의를 향한 이데올로기가 시어를 통해 자연스럽게 승화한 경우라고 볼 수 있다. 그래서 외딴 호숫가에 낮게 피어난 수선화들이 더 아름답게 다가온다.

나는 한 조각 구름처럼 외로이 떠돌았네

나는 골짜기와 언덕 너머로 하늘 높이
한 조각 구름처럼 외로이 떠돌았네.
나는 문득 무수히 피어난
황금빛 수선화 무리를 보았네,
호숫가 나무들 아래에서
미풍에 하늘하늘 춤추는 모습을.

은하수에서 빛을 내며
반짝거리는 별들처럼 연이어 춤추면서,
수선화들은 호숫가 가장자리를 따라
끝없이 펼쳐져 있었네,
나는 홀연히 만 송이의 수선화를 보았네,
수선화들이 머리를 즐겁게 흔드는 모습을.

그 곁에 있는 호수의 물결도 춤추었지만
환희에 넘쳐 하늘거리는 수선화들이 더 흥겨웠네
이토록 즐거운 벗들 속에서
기쁘지 않을 시인은 없을 거에요.
나는 바라보고―또 보았네―하지만 그 풍경이

얼마나 값진 풍요를 내게 주었는지 미처 몰랐네.

가끔, 공허하거나 명상에 잠겨
내 소파에 누울 때면
수선화들은 고독의 희열을
내면의 눈에 비추어주네.
그러면 내 마음은 기쁨에 넘쳐
수선화들과 함께 춤을 추네.

I Wandered Lonely As a Cloud

I wandered lonely as a cloud
That floats on high o'er vales and hills,
When all at once I saw a crowd,
A host, of golden daffodils;
Beside the lake, beneath the trees,
Fluttering and dancing in the breeze.

Continuous as the stars that shine
And twinkle on the milky way,
They stretched in never—ending line
Along the margin of a bay:
Ten thousand saw I at a glance,
Tossing their heads in sprightly dance.

The waves beside them danced; but they
Outdid the sparkling waves in glee;
A poet could not be but gay,
In such a jocund company;
I gazed—and gazed—but little thought

What wealth the show to me had brought:

For oft, when on my couch I lie
In vacant or in pensive mood,
They flash upon that inward eye
Which is the bliss of solitude;
And then my heart with pleasure fills,
And dances with the daffodils.

윌리엄 워즈워스(William Wordsworth, 1770~1850)

∽

워즈워스는 1770년에 잉글랜드의 호수 지방인 코커머스에서 태어났다. 1778년에 어머니가 돌아가시고 법률가였던 아버지도 1783년에 일찍 세상을 떠나 고독한 소년 시절을 보냈지만, 그에게 자연은 큰 위안을 안겨주었다. 1787년에 그는 케임브리지대학에 입학했으며, 1790년에는 프랑스로 건너가 프랑스 혁명을 열렬하게 옹호했다. 하지만 말년에는 보수적으로 변해 젊은 시인들로부터 비난을 받기도 했다. 영국 문학에서 낭만시를 탄생시킨 『서정 담시집(*Lyrical Ballads, with a Few Other Poems*)』(1798)을 사무엘 테일러 콜리지와 함께 공동으로 출간했다. 워즈워스는 1843~1850년 동안 영국의 계관시인으로 지냈다. 저서로는 『두 권의 시(*Poems in Two Volumes*)』(1807), 『소풍(*The Excursion*)』(1814), 『서곡(*The Prelude*)』(1850) 등이 있다.

레즈비언의 사랑시:
에이드리언 리치

～

    세상을 바라보는 눈의 위치는 어디에 있는 것일까. 남성들은 왜 그렇게 시각적 충동에 매혹되는가? 그것을 단정하고 설명하는 인식의 틀은 얼마나 견고한가. 우리는 삶이나 타자를 바라보는 관점이 관습이나 전통에 고착된 경우가 많다. 우리의 의식이나 감각에 침투된 사유는 때로는 차별이란 감정을 동반한다. 최근 미국의 조지 플로이드 사태로 촉발된 인종 차별의 문제를 보면, 시각이라는 감각은 과연 온당한 것인가 의문이 생긴다. 무심코 지각하는 눈, 코, 입, 귀, 혀의 감각에 우리는 속고 있지는 않은가.

    며칠 전 '차별 금지법'에 서명한 어느 정치인을 비난하는 글을 카톡으로 전달받았다. 그 가운데 동성애 차별 금지가 부당하다는 원색적인 비난도 담겨 있었다. 미국의 에이드리언 리치(Adrienne Rich)는 급진적 레즈비언으로 시와 평론에서 탁월한 성취를 보여준 시인이다. 책장에 꽂혀 있는 그녀의 두꺼운 시 전집 책등에 있는 그녀의 얼굴을 본다. 사실, 다른 시인들의 두꺼운 시 전집을 보면 부담스러웠다. 서정주, 김춘수를 비롯해 셰이머스 히니 등의 시 전집을 보면서 시집을 많이 출판하는 것이 그리 멋지게 보이지는 않았다. 리치의 시와 산문을 읽으면서 그런 생각이 바뀌었다. 나도 시집을 좀 더 자주 출간해야 할 필요를 느꼈다. 사실 시와 평론 작업을 병행하는 것이 버거웠고, 그 어느 것 하나도 제대로 못 하는 것 같아 자괴감을 느낄 때도 있었다. 리치는 내게 새로운 용기를 불러일으켜 주었다.

오래전 브래드 피트가 주연으로 나온 〈가을의 전설〉이란 영화를 보았다. 인상적인 것은 세 아들의 어머니가 어느 날 문득 남편과 아들을 떠나 도시로 가버리는 장면이었다. 왜 그럴까. 영화 스토리는 어머니가 왜 떠나는지 설명도 없고 복선도 깔리지 않아서 그냥 스치듯이 지나가고, 남자들의 끈끈한 형제애가 각인되는 결말이었다. 그럼에도 내게 오래 남은 장면은 성인이 된 아들과 남편을 훌쩍 떠나는 어머니였다. 그때는 그녀가 이해되지 않았지만 지금은 그녀의 선택에 공감이 가기도 한다.

리치 역시 젊었을 때는 이성을 사랑해 결혼하고 아이도 세 명을 낳아 길렀는데, 나중에 자신의 성적 정체성이 레즈비언임을 공개하고 동성 파트너와 살아간다. 그 당시 교수였던 남편은 그녀의 커밍아웃에 충격을 받아 자살한다. 그때 그녀가 견뎌내야 했을 사회적 비난과 멸시는 얼마나 무거웠을까. 심지어 1960년대 미국에서는 레즈비언임을 밝힌 후 아무런 이유 없이 살해되는 사례가 있었고, 커밍아웃 이후에 직장에서 해고당하는 일도 많았다. 현재 한국 시단에서 동성애를 표방한 남성 시인들은 몇 명 있지만 레즈비언임을 공개한 여성 시인은 아직 없다. 그래서 여성 간의 사랑을 표현한 시도 발표되지 않고 있다.

리치의 시는 어조가 선명한 것이 매력적이다. 애매모호하거나 관념적이지 않고 현실에 토대를 둔 선명한 시어가 당당하게 전해진다. 그 가운데 나의 눈길을 끈 시는 여성의 육체적 사랑을 구체적인 시어로 표현한 것이다. 〈타오르는 여인의 초상〉이나 〈캐롤〉 같은 레즈비언 영화에서 전달되는 여성 간의 사랑은 세상을 바라보는 또 다른 관점을 제시해 준다. 리치가 가부장적 사회가 이성애를 강제로 주입해 온 역사라는 논의를 펼칠 때, 그 치밀한 사유에 놀라게 된다. 남녀 간의 사랑과 다르게, 레즈비언 연인들의 사랑이나 삶에서 발견하게 되는 것은 그들의 관계가 진정한 평등과 이해에 토대를 둔다는 점이다. 물론 그것이 개인의 생물학적 차이로 인한 특이한 감각 기관 때문에 발생하기도 하겠지만, 진정한 소통이나 이해가 얼마나 소중한지를 알려주는 측면이 있다.

그런 점에서 레즈비언의 사랑을 다룬 작품에서는 파트너의 성적 매력을 발견하는 지점에서 차이가 난다. 남성들이 그토록 매혹되고, 시각적 욕망에 추동되는 여성의 성기나 성감대를 바라보는 시선에도 차이가 있다. 그것에 대해 리치는 『공통 언어를 향한 소망』 시집에 수록한 〈스물한 편의 사랑시(Twenty—One Love Poems)〉 연작시 중 「떠다니는 시, 번호를 붙이지 않은(THE FLOATING POEM, UNNUMBERED)」에서 "내 혀가 찾아낸 그곳의 순수와 지혜—/ 내 입안에서 너의 젖꼭지는 살아나 갈망하듯 춤을 추고/ 강하게, 상처 입지 않게, 나의 성감대를 찾는 너의 손길"로 묘사하고 있다. 남성 시적 화자가 표현하는 것과 차별되는 지점은 여성의 성감대에서 지혜와 배려를 찾아내는 것이다. 애욕의 대상으로 한정되지 않는 다른 감각이 나타난다. 고백하기 힘든 시적 진술을 통해, 시나 예술 혹은 철학에 이르기까지 자신의 온 존재를 걸어야 하나의 세계가 창조됨을 새삼 발견하게 된다.

스물한 편의 사랑시

(떠다니는 시, 번호를 붙이지 않은)

......
—부드럽고, 미묘한
너와의 섹스, 방금 햇살에 씻긴 숲속의
반쯤 오므린 어린 고사리 순 같지.
여행을 다녀 튼실한 네 허벅지 사이로
내 얼굴 전체로 다가가고 또 다가갔지—
내 혀가 찾아낸 그곳의 순수와 지혜—
내 입안에서 너의 젖꼭지는 살아나 갈망하듯 춤을 추고
강하게, 상처 입지 않게, 나의 성감대를 찾는 너의 손길
너의 단단한 혓바닥과 가드다란 손가락은
수년 동안 너를 기다린 나의 장미 안으로—젖은 동굴로—
다가오고 있어 무슨 일이 일어나도, 이것은 사랑이야.

Twenty—One Love Poems
(THE FLOATING POEM, UNNUMBERED)

......

—tender, delicate

your lovemaking, like the half—curled frond

of the fiddlehead fern in forests

just washed by sun. your traveled, generous thighs

between which my whole face has come and come—

the innocence and wisdom of the place my tongue has

found there—

the live, insatiate dance of your nipples in my mouth—

your touch on me, firm, protective, searching

me out, your strong tongue and slender fingers

reaching where I had been waiting years for you

in my rose—wet cave—whatever happens, this is.

에이드리언 리치(Adrienne Rich, 1929~2012)

리치는 19권에 달하는 시집과 페미니즘의 정전으로 자리매김한 산문집『여자로 태어남에 대하여: 경험과 제도로서의 모성애(*Of Woman Born: Motherhood as Experience and Institution*)』,『피와 빵 그리고 시: 산문 선집(*Blood, Bread, and Poetry: Selected Prose 1979-1985*)』등을 통해서 급진적인 페미니스트로서 활약을 보여주었다. 시인이자 평론가로서의 이중적 작업을 통해, 가부장적 사회의 취약한 내부를 해부하거나 시적 언어를 동원하여 비판해왔다. 무엇보다도 리치는 레즈비언으로서의 자신의 성적 주체성을 정치적 지형 안에 자리매김하고자 투쟁했다. 그녀는 여러 계층의 사람들과 연대하면서 미국이라는 공화국의 비전이 무엇인지를 끊임없이 질문했다.

우리 함께 떠나요, 푸른 공항으로
스티븐 스펜더

✒

"싱그러운 7월 마지막 주인데 휴가는 어디로 가시나요?" 혼자 질문을 던진다. "올해는 강원도의 숨은 비경을 찾아 떠나야겠어요." 이렇게 대답하면서 신문을 읽는다. 부산 시민들과 시의원들이 앞장서 '가덕 신공항 유치'를 위해 노력하는 기사를 보니 나도 동참하고 싶다. 여행을 떠날 기회가 생기면 나는 바람처럼 훌쩍 떠나는 편이다. 급히 떠나 준비물을 제대로 못 챙겨 고생하는 경우도 있다.

재작년 이맘때 우리는 스페인으로 패키지여행을 떠났다. 부산에서 스페인으로 가기 위해 하루 전날 인천공항 근처의 호텔에서 하룻밤을 묵었다. 서울·경기 지역 분들은 편안하게 집에서 공항으로 오는데, 우리는 하루 전날 출발해야 했다. 김해공항이 있지만 몇십만 원의 추가 비용을 지불하는 것이다. 정부는 우리 가족에게 아무런 혜택을 주지 않았다. 지역에 사는 불편을 고스란히 감당하라는 취지인 것 같다. 이런 불평등을 어디에 하소연할까.

호텔 방에서 한 가족이 모여 자는데 에어컨 가까이에서 잤던 큰아이가 감기에 들었다. 그 먼 이국을 여행하면서 아이가 귀가 아프다는데, 미리 준비한 약도 듣지를 않아 마음이 불편했던 기억이 생생하다. 단체 여행이라 우리 가족만 남아 병원을 갈 수 없어 아주 난감했다. 서울 사람들처럼 우리도 인천공항까지 가지 않고 편안하게 출발했더라면 스페인 여행은 더 즐거웠을 것이다.

최근에 국토교통부 장관이 발표한 부동산 정책도 신뢰하기 어려운 구석이 많다. 정책을 구상하는 분들이 지역민의 박탈감과 소외를 알고 계시는지 궁금하다. 선거 때만 와서 장밋빛 비전을 남발하고 당선 후에는 외면하는 정치 행태를 이번에는 바꾸어 주세요! 기장의 원자력발전소도 생각난다. 기장 근처에 사는 주민들에게는 전기료를 획기적으로 삭감해 주는 방안이 필요하다. 국토부 장관은 김해공항의 부조리한 측면에 대해 깊은 관심이 있는지요? 과연 몇 번이나 직접 방문을 했을까요? 부산 시민과 인근 주민들의 의견은 수렴했는지요? 인구의 절반이 밀집된 서울·경기보다 지역이 더 살기 좋게 변한다면 수도권 집값은 자연스럽게 내려갈 것이다. 남북한이 대치하고 있는 상황에서 동남권에 국제적인 규모의 공항을 건설하면 해양강국으로의 발전에도 기여할 것이다. 첨단 공항과 연계하여 부산과 광주 사이에 KTX 노선을 연결하는 것도 필요하다. 이렇게 함으로써 허망한 공약이 아닌 진정한 의미의 동서 화합과 번영을 성취할 수 있을 것이다.

'가덕 신공항 결정 촉구대회'에 변성완 부산시장 권한대행과 김석준 교육감이 참석한 사진을 보니 멋져 보인다. 한편으로 오거돈 전 부산시장과 박원순 전 서울시장에 대한 안타깝고 불편한 마음이 겹쳐진다. 지구에 태어난 모든 인간은 장점과 단점이 공존하는 존재이기에, 권력자나 유명 인사들의 내면에서 추한 모습이 드러날 수도 있다. 수많은 조각의 퍼즐로 구성된 게 주체이니까. 특히 박원순 시장이 민주사회에 기여한 것은 빛나는 업적일 것이고, 부하 여직원에게 성추행을 한 행위는 사후에도 엄정한 법적 절차를 통해 구명(究明)할 필요가 있다. 그래야 공직 사회와 여러 기관에서 같은 사건이 재발하지 않도록 예방할 수 있다. 그는 자살로 자신의 불명예를 회피한 측면이 있다고 여겨진다. 피해자에게 "미안해요"라는 한 마디 유언을 남겼다면 더 인간적이었을 것이다. 정치인이기에 앞서 한 인간으로서의 품격도 중요하다. 박원순은 멋진 시장이었는데, 그의 인간적인 결함에 대해 여전히 안타까운 마음이 든다.

　영국 시인 스티븐 스펜더(Stephen Spender)는 「비행장 근처의 풍경(The Landscape Near an Aerodrome)」이라는 시의 첫 연을 이렇게 시작한다.

　어떤 나방보다 더 아름답고 부드럽게/ 솜털이 난 안테나로 부릉부릉 소리를 내며 거대한 활주로를 더듬고/ 황혼이 질 무렵, 엔진을 끈 비행기가/ 변두리 지역 너머로 미끄러지고,

풍향을 가리키는 긴 꼬리를/ 장착한 소매를 부드럽게,
넓은 곳으로, 그녀는 착륙한다,/ 항공 지도의 기류를 전혀
흩트리지 않고.

　　여기서 보듯이 스펜더는 긴 활주로에 착륙하는 비행기의
우아한 몸짓을 여성으로 묘사한다. 기계 문명의 총아인 비행
기의 멋진 모습과 공항 주변의 가난한 서민들의 모습을 후
반부에 함께 제시한다. 공항 풍경을 통해 빈부 격차로 갈라
진 영국인의 삶이 잘 드러난다. 자본주의 사회의 빛과 그늘이
담긴 그의 시를 읽으며 가덕 신공항으로 출발하는 나를 상상
해 본다. 지역이라는 그늘을 벗어버리고 저 푸른 태평양으로
이륙하는 아름다운 비행기를 기다린다.

비행장 근처의 풍경

어떤 나방보다 더 아름답고 부드럽게
솜털이 난 안테나로 부릉부릉 소리를 내며 거대한 활주로를
더듬고
황혼이 질 무렵, 엔진을 끈 비행기가
변두리 지역 너머로 미끄러지고, 풍향을 가리키는 긴 꼬리를
장착한 소매를 부드럽게, 넓은 곳으로, 그녀는 착륙한다,
항공 지도의 기류를 전혀 흩트리지 않고.

하강으로 마음이 진정된, 여행자들은 바다를 건너,
수 마일에 걸친 부드러운 경사로 편안히 다리를 뻗은
여성스러운 땅을 건너왔다. 이제 관찰하는 훈련이 된 눈으로
여기 산업이 피폐해진 변두리를 보여 주는 장소를
어스름을 통해 이 마을의 외곽 지역을 탐색한다.
여기서 그들은 어떤 일이 행해지는지를 볼 수 있으리라.

깜빡거리는 항공등의 불빛과
주차장 너머, 여행자들은 작업장의 외딴 곳을 관찰한다.
야윈 검은 손가락 같은 굴뚝들 혹은 무시무시하고,
미친 형상 같은 굴뚝들. 그리고 비탄에 빠진 여자들의

얼굴 같은, 나무 뒤로 이상한 모습을 한
웅크린 건물들. 이곳 몇 채의 집이
덧문 뒤에서 희미한 빛을 비추며 신음하는 곳에서,
그들은 고향을 떠나온 불만을 토로한다, 마치 집에서
쫓겨나 낯선 달을 보고 벌벌 떨고 있는 개처럼.

......

마침내, 비행기가 착륙할 때, 그들은 종 울리는 소리가
히스테리의 풍경을 가로질러 도달하는 것을 본다,

그곳에는 저 모든 검게 탄 포대 소리보다 크고
죽어가는 하늘을 배경으로 그을린 탑들,
교회는 태양을 차단하고, 종교가 우뚝 서 있다.

The Landscape Near an Aerodrome

More beautiful and soft than any moth
With burring furred antennae feeling its huge path
Through dusk, the air—liner with shut—off engines
Glides over suburbs and the sleeves set trailing tall
To point the wind. Gently, broadly, she falls,
Scarcely disturbing charted currents of air.

Lulled by descent, the travellers across sea
And across feminine land indulging its easy limbs
In miles of softness, now let their eyes trained by
watching
Penetrate through dusk the outskirts of this town
Here where industry shows a fraying edge.
Here they may see what is being done.

Beyond the winking masthead light
And the landing—ground, they observe the outposts
Of work: chimneys like lank black fingers
Or figures frightening and mad: and squat buildings

With their strange air behind trees, like women's faces

Shattered by grief. Here where few houses

Moan with faint light behind their blinds,

They remark the unhomely sense of complaint, like a

dog

Shut out and shivering at the foreign moon.

......

Then, as they land, they hear the tolling bell

Reaching across the landscape of hysteria,

To where larger than all the charcoaled batteries

And imaged towers against that dying sky,

Religion stands, the church blocking the sun.

스티븐 스펜더(Stephen Spender, 1909~1995)

∽

 스펜더는 영국의 시인, 소설가, 평론가로 런던 출생이다. 옥스퍼드대학에 다닐 때 교류한 오든(W. H. Auden), 세실 데이 루이스(Cecil Day-Lewis) 등과 함께 사회적 의식이 강렬한 시를 쓰며 명성을 얻었다. 그는 정치적으로 확고하게 자유주의를 옹호했고 한때 공산당에 가입했으나 마르크스주의에 대한 환상이 깨지자 곧 탈당했다. 그의 『시집(Poems)』(1933)은 1930년대 영문학사에서 중요한 의미를 가지며, 시극인 『어느 판사의 재판(Trial of a Judge)』(1938)과 비평집 『파괴적 요소(The Destructive Element)』(1935)는 첨예한 정치적 주제를 담고 있다. 그 이후에는 공산주의에 환멸을 느껴 스스로의 내면을 주로 묘사하게 되었다. 특히 명작으로 평가되는 자서전인 『세계 속의 세계(World Within World)』(1951)는 사회와 개인의 대립을 극복하려는 그의 내적 갈등을 다루면서, 진보적인 지식인의 고뇌를 표현하고 있다.

시를 읽는 가을 아침에:
앤 섹스턴

෴

긴 장마가 지나갔다. 폭우가 쏟아졌다. 태풍이 다녀갔다. 다시 태풍이 가까이 온다는 소식이 들린다. 태풍 '마이삭'이 침실 창문을 스쳐 갈 때는 두려웠다. 창문에 실루엣 쉐이드를 내리고 커튼까지 쳤다. 우리 내면에 잠든 야수가 깨어났는지 태풍은 사나웠다. 새벽 한 시에 깨어 조심조심 커튼 사이로 거리를 내려다보았다. 가로등이 휘청휘청 흔들거렸다. 아, 정전이 되면 어떡하지. 방바닥에 이불을 깔고 누워도 잠들 수가 없었다.

창틀의 빈틈을 휘젓는 바람 소리는 맹수의 신음 같았다. 성난 바다가 포효하는 소리는 허공을 울렸다. 불안에 사로잡히는 순간에 잠들 수 있는 비법이 무엇일까. 나는 무엇을 걱정하는가. 지하실에 주차한 자동차가 물에 잠길까 염려되고 창문이 깨질지 모른다는 생각이 들었다. 그러다가 문득 '어쩌란 말인가, 차라리 이 순간에 집중하자'라는 생각이 스쳤다. 틱낫한 스님의 책 『화: 화가 풀리면 인생도 풀린다』를 읽었다. '화(anger)'에 대한 명상을 편안한 문체로 쓴 글이다. 책을 덮고 '나 자신이 태풍이다'라는 다소 엉뚱한 상상을 했다. 신기하게도 나 자신이 태풍이라 생각하니 두려움이 사라졌다. 태풍에게 속삭였다. '이제 그만 고요해지자.' 칭얼거리는 아이의 가슴을 토닥토닥 두드리듯 폭풍에게 말을 건넸다. 그러다 나도 모르게 잠이 들었다.

분노는 어디에서 오는 걸까. 분노를 자극하는 상황이 벌어질 때 유독 화를 잘 내는 사람이 곁에 있으면 불안하다. 고함을 지르고 분이 풀릴 때까지 상대를 위협하는 사람을 보면 독사가 떠오른다. 눈빛은 벌겋게 타오르고 타자를 집어삼킬 태세로 덤비는 모습을 보면 피하고 싶어진다. 아마도 생존 본능이 발현되는 탓일 것이다. 분노에 쉽게 함몰되는 사람을 관찰해 보면 대개 자존심이 아주 강하고 자신의 권리나 영역이 침해당할 때 과도하게 반응한다. 성이 난 자신에 대한 자각이 부족하고 자신의 분노가 정당하다는 것에 더 의미를 부여한다. 분노 유발자는 마땅히 응징의 대상이 되어야 한다는 논리를 체화한 경우가 많다. 그래서 분노의 희생자가 된 타자에 대한 이해와 배려가 아예 안 되는 경우도 있다. 미친 듯이 분노한 후에 "미안하다"라고 사과하는 사람들이 의외로 드물다. 나라는 주체는 수시로 변화하며 단 한 순간도 정체되어 있는 것이 아니다. 면밀히 살펴보면, 에고(Ego)에 사로잡힌 자존심은 그토록 중요한 게 아니며 사랑이나 배려가 훨씬 더 위대한 가치이다.

한국 사회에 '화병'이 많은 이유는 일상 안에 잠재한 억압과 분노가 축적되어 있기 때문이다. 공격적 성향이 두드러져 화를 드러내는 사람도 있지만, 그것을 회피해 내면에 차곡차곡 저장하는 경우가 많다. 예를 들어, 술 취한 남편이 술을 핑계로 미쳐 날뛰면 어쩌겠는가. 가족의 허물은 곧 나의 허물로 귀결되는 문화 탓에 다수의 사람들이 내면에서 병을 키우는지도 모른다. '자신만이 옳다'는 환상에 집착할수록 분노 지수는 더 올라간다. 화는 전염병처럼 주변 사람들에게 부정적 에너지를 전파한다.

분노를 잘 다스리는 방법은 개인이 감당해야 하는 문제이지만 사회 전체의 책임도 간과할 수 없다. 예를 들어, 위안부 문제에 대해 대부분의 한국인은 부당한 인권 침해로 판단해 분노를 느끼지만 일본의 극우주의자들은 지나간 일을 곱씹는 성가신 행위라고 판단할 수 있다. 분노를 이해하는 방식이 다각적으로 검토되어야 하고, 쌓인 분노를 적절히 해소할 탈출구가 필요하다. 한국 여성들이 가사 노동이나 섬김 노동에 할당하는 시간은 아주 많은 편이다. 모성을 미화시키는 가부장적 담론의 영향 아래 직장 여성들이 일상에서 겪는 사소한 분노를 미국의 여성 시인인 앤 섹스턴(Anne Sexton)도 체험한 듯하다. 그녀는 미국의 '고백파' 여성 시인인데 안타깝게 자살로 생을 마감했다. 그녀는 시「천사와 사귀기(Consorting with Angels)」에서 다음과 같이 자신의 심경을 토로한다.

나는 여자인 것이 피곤했어요./ 숟가락과 주전자도
피곤했어요,/ 나의 입과 유방도 피곤했어요./ 화장품과 실크
옷도 피곤했어요./ 내가 제공하는 음식 주위에 둥글게 모여
앉은/ 남자들은 여전하더군요./ … 나는 젠더라는 것들도
피곤했어요.

그녀는 여성이 일상에서 겪는 분노의 감정이 쌓이는 상황
을 반복적인 어투로 토로한다. 이 시를 읽으며 깊은 공감을
느낀다. 아침마다 식탁을 차릴 때, 몇 번씩 불러야 겨우 와서
앉는 남자들이 나도 피곤하다. 조금 일찍 와서 숟가락이라도
놓아주는 매너를 기대하지만, 여전히 오지 않을 때 나는 화
가 올라온다. 수천 번이나 반복된 상황인데, 이것은 변화하지
않는 일상의 잔잔한 폭력인지도 모른다. 여성들은 가끔 화가
난다. 앵그리 버드(angry bird)처럼.

천사와 사귀기

나는 여자인 것이 피곤했어요,

숟가락과 주전자도 피곤했어요,

나의 입과 유방도 피곤했어요,

화장품과 실크 옷도 피곤했어요,

내가 제공하는 음식 주위에 둥글게 모여 앉은

남자들은 여전하더군요.

그릇에는 보라색 포도가 가득 담겨 있는데

파리들이 냄새를 맡고 계속 맴돌고

아빠마저 그 하얀 뼈와 함께 오셨어요.

나는 젠더라는 것들도 피곤했어요.

어젯밤에 나는 꿈을 꾸었어요.

그 꿈에 대해 말했어요…

"당신이 정답이군요.

당신은 내 남편보다 내 아빠보다 오래 살 거예요."

꿈속엔 사슬로 만들어진 도시가 있었고

거기서 잔 다르크는 남자 옷을 입고 사형에 처해졌고,

천사들의 본성은 설명되지 않았지요.

그 어떤 두 존재도 같은 종으로 창조되지는 않았지요,

하나는 코가 있고, 하나는 손에 귀가 있고,
하나는 별을 씹어 먹고 그 궤도를 기록하고,
각각은 그 자체에게 복종하는 시(詩)와 같았지요.
신의 역할을 수행하며,
떨어져 있는 하나의 종족.

......

오 예루살렘의 딸들이여,
왕이 나를 그의 방으로 불렀어요.
나는 검고 나는 아름다워요.
나는 열린 채로 옷을 벗고 있었지요.
나는 팔도 다리도 없어요.
나는 물고기처럼 그저 하나의 피부.
나는 더 이상 여성이 아니에요
예수가 남성이 아닌 것처럼.

Consorting with Angels

I was tired of being a woman,
tired of the spoons and the pots,
tired of my mouth and my breasts,
tired of the cosmetics and the silks.
There were still men who sat at my table,
circled around the bowl I offered up.
The bowl was filled with purple grapes
and the flies hovered in for the scent
and even my father came with his white bone.
But I was tired of the gender things.

Last night I had a dream
and I said to it...
"You are the answer.
You will outlive my husband and my father."
In that dream there was a city made of chains
where Joan was put to death in man's clothes
and the nature of the angels went unexplained,
no two made in the same species,

one with a nose, one with an ear in its hand,

one chewing a star and recording its orbit,

each one like a poem obeying itself,

performing God's functions,

a people apart.

......

O daughters of Jerusalem,

the king has brought me into his chamber.

I am black and I am beautiful.

I've been opened and undressed.

I have no arms or legs.

I'm all one skin like a fish.

I'm no more a woman

than Christ was a man.

앤 섹스턴(Anne Sexton, 1928~1974)

섹스턴은 실비아 플라스(Sylvia Plath)와 더불어 미국의 고백시를 쓴 대표 여성 시인이며, 자신의 정신 병력을 시적으로 승화시켜 현대 여성의 내면에 갇힌 억압과 분노를 대중들에게 날것으로 전달해 공감을 얻었다. 아름다운 외모와 정신병원에서의 삶 등 다양한 이력으로 대중의 주목을 받았으며, 46세에 차고에서 자살로 생을 마감해 안타까움을 자아내는 시인이다.

매사추세츠주의 중산층 가정에서 자랐으나 우울증, 양극성장애, 죽음충동과 맞서 싸워야 했다. 아내이자 엄마, 가정의 천사로서 여성의 역할이 중시되던 1960년대에 성, 섹스, 자살, 낙태, 불륜, 욕망, 정신병 등의 소재를 과감하게 드러내어 큰 반향을 일으켰다. 시집은 『정신병원 베들렘으로 갔다가 반쯤 돌아오는 길(To Bedlam and Part Way Back)』(1960), 『내 모든 어여쁜 것들(All My Pretty Ones)』(1962), 『사랑 시편들(Love Poems)』(1969)이 있으며 『살거나 죽거나(Live or Die)』(1967)로 퓰리처상을 받았다. 스스로 시대의 마녀로 자처하고 여성의 내적 갈등과 고뇌를 강렬하고 선명한 어조로 형상화했다.

눈 내리는 어두운 숲의 매혹¹
로버트 프로스트

～

책장 빈틈에 세워 둔 달력에는 마지막 한 장이 남았다. '12월'이라는 말을 하면 어느새 마음 한구석에 눈이 내린다. 눈 내린 자작나무 숲길을 홀로 걸어간다. 눈 위에 발자국을 남기는 새처럼 뽀드득, 뽀드득 눈을 밟는다. 새하얀 눈의 결정체를 떠올려 본다. 가장 밤이 긴 동지가 오고 동짓달이 떠오르면 곧 크리스마스가 올 것이다. 흰 눈, 벙어리장갑, 그리고 크리스마스트리가 있어 겨울은 아름답다.

돌아가신 아버지는 연말이 다가오면 우체국으로 가서 연하장을 샀다. 책상을 펴고 앉아 만년필로 손수 축복의 글을 써서 보내셨다. 크리스마스이브에는 맛있는 케이크를 사 와 촛불을 밝히셨다. 아버지는 언제나 그렇게 한 해를 마무리하셨다. 눈이 내린다. 겨울날 마구간에서 태어난 아기 예수는 너무 가난해 아름다운 별이 되었다. 가난이 축복이 되는 신비를 알려준 천사가 걸어간다. 무수히 빛나는 밤하늘의 별은 그의 눈동자를 닮았다. 올겨울에는 코로나19도 잠잠해지고 모든 사람들이 평온하고 건강하게 지내기를 기도한다.

나의 서재에도 흰 눈이 내린다. 미국 시인 로버트 프로스트(Robert Frost)의 시 「눈 내리는 밤 숲가에 서서(Stopping by Woods on a Snowy Evening)」를 읽는다. 시적 화자가 일을 마치고 조랑말을 데리고 집으로 돌아오는 길이다. 그때 문득 마주친 눈 내린 숲의 풍경은 신비스럽다. 얼어붙은 호수와 숲의 고요는 잠시 죽음을 연상시킨다. 아무 소리도 없이 눈이 흩날린다. 한국어로 번역하면 영시의 고유한 리듬이 사라지지만 그 풍경을 묘사하는 힘은 여전히 살아 있다.

눈 내리는 숲에 선 시적 화자의 고독한 심경이 토로되어 있다. 그는 신비스러운 숲에서 잠들고 싶다. "숲은 아름답고, 어둡고, 깊다,/ 그러나 나는 지켜야 할 약속이 있다,/ 잠들기 전에 몇 마일을 더 가야 한다,/ 잠들기 전에 몇 마일을 더 가야 한다.(The woods are lovely, dark, and deep,/ But I have promises to keep,/ And miles to go before I sleep,/ And miles to go before I sleep.)"로 끝을 맺는데 'deep' 'keep' 'sleep'과 같은 각운(rhyme)이 서로 어우러지며 시적 여운이 오래 남는다. 영어로 낭송했을 때 더 아름다워 미국에서는 장례식에서 애송되기도 한다. 시 속의 누군가와 지켜야 할 약속이 있기에 어두운 눈길을 계속 걸어가려는 의지가 빛난다. 고난이 있든 유혹이 있든 우리는 자신들의 길을 걸어가야 한다.

한편, 프로스트는 한국 독자들에게는 「가지 않은 길(The Road Not Taken)」로 더 많이 알려져 있다. 가을날 숲길을 산책하다가 두 갈래의 길 앞에서 어디로 갈지 고민하는 마음을 표현한 시이다. 어느 길을 선택하더라도 가지 않은 길에 대한 아쉬움과 미련이 남기 마련이다. 남들이 가지 않는 외딴길을 결정한 화자의 내면을 가을 풍경과 함께 담은 시이다. 그는 20세기 미국인들에게 시골의 향수를 단아한 시적 리듬에 담아 많은 사랑을 받았다. 도시 문명에 찌든 현대인에게 자연의 여유와 사색하는 정서를 환기시켰다. 특히 케네디 미국 대통령의 아내였던 재클린이 그를 좋아해 백악관 행사에 초대하기도 했다. 우아한 드레스를 입은 그녀가 백발의 시인 곁에 앉아 다정하게 대화를 나누는 모습은 정겹다.

미국의 정치사에서 재클린의 패션과 스타일은 아주 개성적이었다. 유럽의 고급 패션인 오트 쿠튀르의 감각을 자신의 일상에서 편안하고 자연스럽게 소화했다. 훗날 미국의 퍼스트레이디들이 그녀의 패션을 롤 모델로 삼은 경우가 많다. 사실 백악관을 흰색의 세련된 공간으로 재탄생시킨 것도 그녀의 작품이다. 부엌의 식기나 의상 또는 내부 인테리어까지 혁신을 가져와 미국의 우아한 위상을 높이는 데 기여했다. 그런 그녀가 소박한 시골 시인인 프로스트를 극진히 접대하는 모습은 아름다웠다. 그녀는 케네디가 죽은 후에도 용기를 잃지 않고 자신의 길을 걸어갔다.

이런 품격 있는 정치 스타일이 한국에도 필요하다. 국민들의 수준은 높은데 정치의 격은 여전히 낮아 보인다. 거친 언어와 상대를 적대시하는 방식이 난무하는 듯하다. 때로는 지역과 계층 간의 갈등을 부추기는 측면도 있다. 그들의 가슴 속에 흰 눈송이를 뿌려주고 싶다.

　프로스트는 「자작나무(Birches)」 시에서 "이 세상은 사랑하기에 알맞은 곳/ 이 세상보다 더 나은 곳이 어디 있는지 나는 알지 못한다"라고 말한다. 소년이 자작나무 가지를 타고 하늘가에 닿았다가 다시 지상으로 내려오는 동작을 보여준다. 삶이 힘들어 죽음을 동경하거나 회피하고자 할지라도 다시 현실로 돌아와 이 순간을 소중히 껴안는 것이 중요하다. 지구별에서의 삶이 어둡고 추울지라도 희망을 안고 우리는 눈 내린 숲길을 계속 걸어간다.

눈 내리는 밤 숲가에 서서

이것들이 누구의 숲인지 나는 알 것 같다.
그의 집은 마을에 있지만
눈이 가득 쌓인 그의 숲을 보느라
여기에 멈춘 나를 그는 보지 못할 것이다.

내 조랑말은 근처에 농가 한 채도 없는 곳에
멈춘 것을 이상하게 여길 것이다
숲과 얼어붙은 호수 사이에
한 해의 가장 어두운 밤에.

어떤 착각을 한 것은 아닌지 묻는 것처럼
말은 마구에 달린 종을 흔든다.
오직 다른 소리는 부드러운 바람과
눈송이가 내리며 스치는 소리.

숲은 아름답고, 어둡고, 깊다,
그러나 나는 지켜야 할 약속이 있다,
잠들기 전에 몇 마일을 더 가야 한다,
잠들기 전에 몇 마일을 더 가야 한다.

Stopping by Woods on a Snowy Evening

Whose woods these are I think I know.
His house is in the village though;
He will not see me stopping here
To watch his woods fill up with snow.

My little horse must think it queer
To stop without a farmhouse near
Between the woods and frozen lake
The darkest evening of the year.

He gives his harness bells a shake
To ask if there is some mistake.
The only other sound's the sweep
Of easy wind and downy flake.

The woods are lovely, dark and deep,
But I have promises to keep,
And miles to go before I sleep,
And miles to go before I sleep.

로버트 프로스트(Robert Frost, 1874~1963)

프로스트는 미국 뉴햄프셔에 위치한 농장에서 생활하면서 소박한 농민의 삶과 자연에 관한 시를 통해 산업사회에서 지친 미국인들을 위로했다. 그는 아름다운 시적 리듬과 상징을 활용하여 인생의 깊은 의미를 표현했다. 존 케네디(J. F. Kenney) 대통령의 취임식에서 자작시를 낭송하였고 퓰리처상을 4회 수상했다. 첫 시집인 『소년의 의지(*A Boy's Will*)』(1913)를 영국에서 출간했으며, 그 이후 『보스턴의 북쪽(*North of Boston*)』(1914), 『뉴햄프셔(*New Hampshire*)』(1923), 『더 먼 경계(*A Further Range*)』(1936), 『증거의 나무(*A Witness Tree*)』(1942) 등의 시집을 출간했다.

백조를 사랑한 시인의 첫사랑;
윌리엄 버틀러 예이츠

～

　새해에 신문을 뒤적이다 러시아 한인 2세이며 최초의 한인 여성 사회주의자였던 김 알렉산드라 페트로브나(Kim Aleksandra Petrovna, 1885~1918)에 관한 기사를 읽었다. 한국 이름은 김수라이다. 흑백 사진 속의 그녀는 우아한 백조를 연상시켰다. 그녀는 연해주에서 조선인과 중국인들이 노동 착취를 당하는 현실을 보고 그들의 인권을 위해 투쟁했다. 민족 해방과 사회주의 혁명을 지지하는 모임에 가입해 활동하다 체포되어 총살을 당했다. 그녀를 찍은 사진의 배경은 아래쪽이 검은데 내 마음속에는 붉은 칸나가 타오르는 것 같았다.

　김수라의 열정적 삶을 생각하다 문득 아일랜드의 독립운동가였던 모드 곤(Maud Gonne)이 떠올랐다. 그녀는 아일랜드의 시인 예이츠(W. B. Yeats)의 첫사랑이었다. 예이츠는 감성이 풍부해 강인한 아름다움을 지닌 그녀에게 더 매혹되지 않았을까. 아마 모드 곤은 나약해 보이는 예이츠가 마음에 들지 않았을 것이다. 예이츠의 시에는 이루지 못한 사랑에 대한 감정이 우아한 이미지로 묘사된다.

그 가운데 내 마음에 남아 있는 시는 「쿨 호수의 야생 백조(The Wild Swans at Coole)」이다. 예이츠의 후견인으로 그와 친분을 나눈 그레고리 부인의 저택에 쿨 호수가 있었다. 그곳을 떠다니는 백조의 우아한 몸짓에서 모드 곤을 연상한다. 마지막 연에서 그 아름다운 백조들이 문득 사라져 버리는 상황을 상상한다. "그러나 지금은 백조들이 고요한 물 위를/ 신비로이, 아름답게 떠돌고 있네,/ 어느 등심초 사이에 그들은 둥지를 틀고/ 어느 호숫가 혹은 연못에서/ 어느 날 내가 깨어나 그들이 날아간 것을 알았을 때/ 백조들은 사람들의 눈을 기쁘게 하고 있을까?" 시는 이렇게 끝을 맺는데, 그토록 아름다웠던 첫사랑도 사라질 수 있음을 암시한다.

백조를 보면, 그리스 로마 신화에 나오는 제우스와 레다가 연상된다. 레다는 아이톨리아의 왕 테스티우스의 딸이며 스파르타의 왕인 틴다레오스의 아내이다. 제우스는 유부녀인 레다의 아름다움에 반했다. 그녀와의 교합을 노리던 제우스는 독수리에게 쫓기는 백조로 변해 레다의 품에 안겼고 그녀와 관계를 가졌다. 레다가 낳은 4명의 쌍둥이는 헬레네, 클리타임네스트라, 카스토르, 폴리데우케스이다. 서사시인 「일리아스」와 「오디세이」에 나오는 헬레네는 파리스 왕자와 사랑의 도피를 감행한 여인이다.

제우스는 사랑에 빠지면 소, 뱀, 황금빛 소나기 등으로 변신하고 접근해 교합에 성공하는 바람둥이다. 제우스 신화는 남성이 사랑에 빠지면 물불을 안 가릴 정도로 비이성적 존재가 될 수 있음을 보여 준다. 심지어 백조로 변해 기어이 레다의 품에 안겨 성교를 할 정도의 사랑꾼이다. 그런 제우스에게 사랑에 대한 책임은 별로 부각되지 않는다. 그냥 성행위를 추구할 뿐이고 쟁취하면 그만이다. 그리스 신화에 가부장적인 요소가 내재해 있음을 알 수 있다. 남성의 성적 향유에 대한 관대한 시선도 감지된다. 그러나 그리스 신화는 상당히 인간적이어서 공감이 간다. 사람이 이성만으로 살 수 없다는 것을 방증하는 것 같다. 열정의 무모함과 착오, 인간이 소유한 여러 겹의 감정을 신화 속 인물에게서 발견한다.

레다와 백조의 전설은 고대로부터 수많은 예술작품에서 모티브로 채택되었고 특히 르네상스 시대에 널리 활용되었다. 백조가 독수리에게 쫓기는 상황을 연출해 사랑하는 여인의 품에 안기는 행위는 구애의 마법 같다. 남성이 여성에게 접근할 때 용감하고 강한 이미지만 있으면 성공할 것 같은데 그렇지 않다. 나약한 척 여성의 모성에 은근히 호소할 수 있어야 사랑의 결실을 쉽게 맺을 수 있다. 강한 남자만이 살아남는 사회적 통념에 대해 제우스는 양념 같은 조언을 하고 있는 셈이다. 때로는 약한 모습을 보이는 것이 생존이나 사랑에 있어 더 이롭다. 타자들의 시기나 질투의 감정을 약화시키면서 연민이라는 공감대를 만들 수 있기 때문이다. 어쩌면 그것은 정치의 미학과도 닿아 있다.

혁명의 열정도 그래야 되지 않을까. 새로운 세계를 꿈꾸면서 혁신을 추구하지만 그 과정에서 드러나는 미숙함과 실패를 목도하게 된다. 현 정부가 집값을 잡겠다고 규제를 중심으로 정책을 편 것이 오히려 집값에 날개를 달아 주는 형국이 되었다. 전세 기한을 2년에서 4년으로 확장한 것이 실패의 근본 원인이다. 잘못된 정책일 경우 정부의 위신이 상하고 비판을 받을지라도 신속히 시정하는 용기가 필요하다. 아무리 좋은 개혁일지라도 자유를 속박하는 것은 혁명의 정신이 아니다. 우아한 백조는 물 밑에서 쉼 없이 물갈퀴를 젓는다. 서울에도 폭설이 내렸다는데 쿨 호숫가에서 노닐던 백조가 있을까.

쿨 호수의 야생 백조

나무들은 가을빛으로 아름답고,
숲속 오솔길들은 메마르고,
시월의 황혼 아래 물은
고요한 하늘을 비추네,
바위 사이로 흐르는 물 위를 떠다니는
쉰아홉 마리의 백조들.

맨 처음 내가 그 숫자를 세어 본 뒤로
열아홉 번의 가을이 지나갔네.
그때는 내가 미처 세기도 전에
갑자기 모든 백조들이 날아오르는 것을 보았네,
끊어진 거대한 원을 그리며 맴돌다
요란한 날갯짓을 하며 흩어졌네.

나는 그 눈부신 생명체를 바라보았고,
지금 내 심장은 아프네,
황혼녘에 이 물가에서 처음으로,
내 머리 위로 종치는 듯한 날개 소리를 들으며,
가볍게 걸었던 이후로,

모든 것이 변해버렸네.

여전히 지겹지 않은, 연인끼리,
백조들은 차갑지만 다정하게 흐르는 물결 속에서 첨벙거리며,
발로 노를 젓거나 하늘로 날아오르네.
백조들의 심장은 늙지 않았네.
정열 혹은 정복, 백조들이 떠도는 곳에
여전히 서로에게 관심을 가지겠지요.

그러나 지금은 백조들이 고요한 물 위를
신비로이, 아름답게 떠돌고 있네,
어느 등심초 사이에 그들은 둥지를 틀고
어느 호숫가 혹은 연못에서
어느 날 내가 깨어나 그들이 날아간 것을 알았을 때
백조들은 사람들의 눈을 기쁘게 하고 있을까?

The Wild Swans at Coole

The trees are in their autumn beauty,
The woodland paths are dry,
Under the October twilight the water
Mirrors a still sky;
Upon the brimming water among the stones
Are nine—and—fifty swans.

The nineteenth autumn has come upon me
Since I first made my count;
I saw, before I had well finished,
All suddenly mount
And scatter wheeling in great broken rings
Upon their clamorous wings.

I have looked upon those brilliant creatures,
And now my heart is sore.
All's changed since I, hearing at twilight,
The first time on this shore,
The bell—beat of their wings above my head,

Trod with a lighter tread.

Unwearied still, lover by lover,
They paddle in the cold
Companionable streams or climb the air;
Their hearts have not grown old;
Passion or conquest, wander where they will
Attend upon them still.

But now they drift on the still water,
Mysterious, beautiful;
Among what rushes will they build,
By what lake's edge or pool
Delight men's eyes when I awake some day
To find they have flown away?

윌리엄 버틀러 예이츠(William Butler Yeats, 1865~1939)

∽

 예이츠는 아일랜드 문예부흥을 이끌었던 시인이자 극작가로서, 20세기 영문학과 아일랜드 문학에서 가장 영향력 있는 작가 중의 한 명이다. 그는 아일랜드의 민간전승이나 신화에 관심이 많았고, 후기에는 신비주의와 영적인 요소를 작품에 반영했다. 첫 시집인 『오이진의 방랑기(*The Wanderings of Oisin*)』는 아일랜드와 연관된 주제들을 신비주의적인 감성으로 묘사했고, 그 이후에는 아일랜드의 민족정신을 문학 작품을 통해 고취하려는 시도를 했다. 『쿨 호수의 야생 백조(*The Wild Swans at Coole*)』(1919), 『비전(*A Vision*)』(1925), 『탑(*The Tower*)』(1928), 『나선 계단(*The Winding Stair*)』(1933) 등의 시집이 있고 1923년에 노벨 문학상을 수상했다.

유쾌한 결혼식:
크리스티나 로제티

코로나19 때문에 미루었던 지인의 결혼식 초대장이 카카오톡으로 왔다. 영화배우처럼 멋지게 촬영한 청춘남녀의 싱그러운 모습에 미소를 짓는다. 축복하는 마음을 담아 화장을 하고 하객 패션에 적절한 옷을 고르느라 거울 앞에서 서성였다. 주차할 공간이 부족할까 봐 일찍 도착하니 혼주들은 미리 나와 손님을 맞이하고 있었다. 예식장 안을 들여다보니 웨딩드레스를 입은 신부와 신랑이 마이크를 잡고 축가를 연습하고 있었다.

오랜만에 참석하는 결혼식이어서 그런지 마음이 설레었다. 하객을 많이 초대하지 않은 스몰 웨딩이었다. 참석 의사를 밝힌 사람들의 자리를 적절하게 배치하고 꽃 장식도 소박하지만 우아했다. 시간에 쫓기듯 사람들이 붐비는 결혼식이 아니어서 좋았다. 신랑이 입장하는 통로 주변에 우인들 자리를 배치해 활기가 넘쳤다. 주례사가 없고 신랑 신부가 자신들의 사랑과 언약을 소박하게 전달하는 방식이 정겨웠다.

MZ세대의 결혼에 대한 의식은 이전 세대와는 많은 차이가 난다. 결혼식에서 명망 있는 분이 주례사를 하기보다는 스스로 자신들의 사랑과 미래를 얘기하는 방식을 선호한다. 결혼 연령이 점점 늦어지고, 한편으로 동거하는 커플도 자연스럽게 수용되고 있다. 그래서 혼전 임신에 대해서도 이전보다 너그러운 시선으로 바라본다. 아울러 독신을 선택하거나 결혼 후에 아이를 갖지 않는 것을 선택하기도 한다. 성소수자의 사랑도 인정하면서 한국 특유의 관습이나 제약이 이전보다 많이 느슨해지고 삶의 다양한 양태를 수용하는 분위기가 조성되고 있다.

21세기 한국 사회의 결혼 풍속과는 달리 19세기 영국 빅토리아조 시대를 살았던 크리스티나 로제티(Christina Rossetti)는 첫 시집인『고블린 도깨비 시장과 다른 시편들(Goblin Market and other Poems)』에 수록된「북쪽에서 온 사랑(Love from the North)」에서 결혼을 소재로 다루고 있다. 그녀의 오빠인 단테 가브리엘 로제티는 영국에서 라파엘 전파 운동을 시와 회화 두 영역에서 활발하게 전개했다. 라파엘 이전의 회화로 돌아가자는 운동을 펼친 그는 상징과 문학적 요소를 회화에 가미하면서 여동생에게도 영향을 끼쳤다. 그는 아름다운 모델인 아내 엘리자베스 시달뿐만 아니라 유부녀인 제인 모리스 등과 숱한 염문을 일으키며 당대를 풍미했다. 그런 오빠에 대한 반감이었는지 크리스티나 로제티는 결혼하지 않고 독신의 삶을 살면서 시를 썼다. 1830년에 출생한 그녀는 세 명의 구혼자가 있었지만 모두 거절했다고 한다. 그 시대에 여성이 결혼하지 않고 산다는 것은 사회적 여건을 보았을 때 아주 힘든 선택이었다. 대부분의 여성이 가족의 의사에 따라 결혼해야 했고, 그렇지 않으면 수도원으로 가는 경우가 많았다.

로제티의 시는 리듬이 발랄하고 통통 튀는 감각이 살아 있다. 「북쪽에서 온 사랑」의 3연과 4연에서는 고민하는 연인의 내면을 흥미롭게 묘사한다. "결혼식 시간이 다가왔어요, 통로는/ 그날의 햇빛과 꽃으로 붉게 물들었죠./ 발맞춰 걸으면서 난 속으로 생각했어요./ "아니오를 생각하기엔 너무 늦었어요.""라는 표현에서 결혼을 앞두고 번민하는 연인의 심리를 드러낸다. 결혼 혹은 사소한 의사 결정에 있어 반대 의사를 표시하는 자유에 대한 인식을 은연중에 담고 있다. 자신의 삶을 주도적으로 살고픈 욕망을 가졌지만 시의 끝부분에 신부로 등장하는 시적 화자는 '지금까지 나는 심장도 힘도 없고/ 그에게 아니오라고 말할 의지도 없어졌지요.'라고 토로한다. 사랑의 고리 때문에 자유가 속박되었음을 고백한다. 사랑과 속박이 공존하는 결혼 생활의 어려움을 생각하게 만드는 시이다. 대화체를 이어 나가면서 시를 전개하는 방식이 독특하며 현대적 감각이 묻어난다.

예수가 공적인 생활을 시작하면서 첫 번째 기적을 베푼 사건은 '가나의 혼인 잔치'이다. 피로연에서 포도주가 떨어져 마리아가 예수에게 그 사실을 알리니 예수는 물을 아주 맛있는 포도주로 바꾸는 기적을 보여준다. 예수는 십자가에 매달려 죽기까지 독신의 삶을 선택했지만 결혼하는 이들에게 엄청난 축복을 베푼 것이다. 신성하고 영적인 삶을 지향한 예수이지만 세속을 살아가는 일상의 삶에 큰 의미를 부여한 기적이다.

MZ세대의 유쾌한 결혼식을 보면서 흐뭇하지만, 한편으로 너무 비싼 집값과 고용 불안에 결혼할 생각조차 못 하는 청춘에 대한 걱정도 밀려온다. 이전과 달리 결혼을 하든 독신을 선택하든 자유가 주어졌지만 삶의 기본적인 토대가 취약해져 불안하다. 월세에 짓눌려 아이 낳는 것을 포기하는 사태가 지속되어서는 안 된다. 개인이 감당하기에 너무 힘든 삶의 무게가 정부의 올바른 정책과 실질적인 도움으로 가벼워지기를 바란다.

북쪽에서 온 사랑

내 사랑이 부드러운 남쪽 땅에 있었어요,
4월에서 머언 5월까지 사랑을 받았어요.
그는 가장 가벼운 내 숨소리를 기다렸고,
감히 내게 아니오라는 말을 절대 하지 않았죠.

그는 나의 기분이 슬프면 슬퍼했어요,
하지난 내가 기쁘면 그도 즐거워했어요.
우리는 머리카락 한 올조차 차이가 없었지요,
나의 예는 그의 예, 나의 아니오는 그의 아니오.

결혼식 시간이 다가왔어요. 통로는
그날의 햇빛과 꽃으로 붉게 물들었죠.
발맞춰 걸으면서 난 속으로 생각했어요.
"아니오를 생각하기엔 이미 너무 늦었어요."—

내 신랑은 그의 차례에 대답을 했지요,
나 자신도 거의 "예"라고 대답할 뻔 했지요.
환하게 빛나는 하객들의 좌석을 지날 때 나는
어떤 갈등과 "아니오." 소리가 울리는 것을 들었어요.

신부 들러리와 신랑은 두려움에 움츠러들었고,
하지만 나는 곤경에 빠진 채 우뚝 서 있었지요.
"만약 내가 예라고 대답하다면, 멋진 서방님,
아니오라고 나를 저지하는 당신은 어떤 남자인가요?"

그는 북쪽에서 온 강한 남자였지요,
빛이 담긴, 위험한 회색 눈을 가졌지요.
"예라는 대답을 다음 기회로 미루시죠
나는 당신에게 아니오라고 말하지는 않겠소."

그는 희고 튼튼한 팔로 나를 안았고,
그는 나를 그의 말에 태워 데려갔어요.
바위를 지나, 늪을 지나, 좁은 협곡을 지났지만,
그는 내게 한 번도 예 혹은 아니오를 묻지 않았죠.

그는 나를 책과 종으로 단단하게 묶었어요,
사랑의 고리로 그는 나를 머물게 했지요.
지금까지 나는 심장도 힘도 없고
그에게 아니오라고 말할 의지도 없어졌지요.

Love from the North

I had a love in soft south land,
Beloved thro' April far in May;
He waited on my lightest breath,
And never dared to say me nay.

He saddened if my cheer was sad,
But gay he grew if I was gay;
We never differed on a hair,
My yes his yes, my nay his nay.

The wedding hour was come, the aisles
Were flushed with sun and flowers that day;
I pacing balanced in my thoughts:
"It's quite too late to think of nay."—

My bridegroom answered in his turn,
Myself had almost answered "yea":
When through the flashing nave I heard
A struggle and resounding "nay."

Bridemaids and bridegroom shrank in fear,
But I stood high who stood at bay:
"And if I answer yea, fair Sir,
What man art thou to bar with nay?"

He was a strong man from the north,
Light—locked, with eyes of dangerous grey:
"Put yea by for another time
In which I will not say thee nay."

He took me in his strong white arms,
He bore me on his horse away
O'er crag, morass, and hairbreadth pass,
But never asked me yea or nay.

He made me fast with book and bell,
With links of love he makes me stay;
Till now I've neither heart nor power
Nor will nor wish to say him nay.

크리스티나 로제티(Christina Rossetti, 1830~1894)

∽

로제티는 영국 빅토리아 여왕 시대의 여성 시인이며 라파엘 전파 운동을 이끌었던 화가이자 시인 단테 가브리엘 로제티(Dante Gabriel Rossetti)의 누이동생이다. 31세에 첫 시집 『고블린 도깨비 시장과 다른 시편들(*Goblin Market and Other Poems*)』(1862)을 출간해 비평적 찬사를 받았으며 당대 주요 여성 시인으로 간주되었다. 특히 엘리자베스 브라우닝이 죽은 이듬해 나온 이 시집으로 인해 로제티는 엘리자베스의 계승자로서 대중의 열렬한 환호를 받았다. 주로 낭만적이고 종교적인 시를 쓴 로제티는 어려서부터 문학에 뛰어난 자질을 보였고 후대의 시인들에게 영향을 미쳤다. 그녀는 미국 남부의 노예제도와 실험을 위해 동물을 학대하는 것을 반대했으며, 미성년자를 창녀로 이용해 노동 착취하는 것을 금지하라고 주장했다.

2부

Tulips

Hawk Roosting

Sonnet 18 — Shall I Compare Thee to a Summer's Day?

So, We'll Go No More a Roving

Ode on a Grecian Urn

Negro

I, Too

For You, O Democracy

Hero

우울증을 앓는 튤립과 자살'
실비아 플라스

～

영국인들은 습기에 찬 겨울이 지나고 봄이 오면 온갖 꽃들로 정원을 가꾼다. 특히 구근에서 피어나는 봄꽃들은 황홀한데, 그중에서 튤립은 화려하면서 품격이 있다. 꽃봉오리가 올라올 때의 청순한 자태를 보면 가슴이 설렌다. 활짝 피었을 때는 이국적인 아름다움을 선사한다. 그러나 꽃이 질 때는 그 화려한 꽃잎이 허무하게 툭, 떨어져 버린다. 마치 꽃이 자살하는 것처럼 느껴진다.

작년 11월에 한 후배로부터 튤립 구근 열 개를 선물 받았다. 튤립 구근은 양파보다 작고 곰팡이에 약한 편이다. 가을에 흙에서 캐내 공기가 잘 통하는 망사에 담아 그늘진 곳에 보관한다. 그리고 튤립은 영하에 가까운 차가운 온도에서 겨울을 나야 봄에 싹이 나 꽃을 피운다. 베란다 그늘에 보관한 구근의 갈색 껍질을 벗기고 토분에 심었다. 곰팡이가 핀 것은 락스를 옅게 희석한 물에 소독해서 말린 후에 심었다.

튤립 구근을 화분 세 개에 나누어 심고 기다렸다. 집 안이 따스한 편이라 금방 싹이 올라와 아침마다 들여다보았다. 구근을 조금 깊게 심어야 했는데 대충 심었더니 문제가 생겼다. 우선 화분에 물이 잘 빠지지 않는지 하나둘씩 곰팡이가 생겼다. 분갈이를 하기도 쉽지 않아 그냥 두었더니 세 그루는 죽었다. 이상하게도 싹이 올라왔는데 그 옆에 다른 구근이 생기면서 또 싹이 올라오더니, 먼저 나온 싹은 시들어 버렸다.

튤립은 황홀한 죽음을 연상시키지만 거품의 이미지도 있다. 17세기 유럽에서 금융 중심지의 역할을 했던 네덜란드에서 '튤립 파동(Tulip Mania, 1633~1635)'이 일어났다. 오스만 제국에서 들여왔던 튤립은 식물 애호가나 귀족 계층이 선호하는 식물이 되어 가격이 엄청 치솟았다. 여러 단계의 유통업자들의 손을 거치며 대표적인 투기 상품으로 변한 것이다. 튤립 구근 한 개의 가격이 집 한 채의 그것과 맞먹을 정도까지 거품이 극에 달했다. 거품이 생겨나면 꺼지기 마련이듯, 거품 붕괴 후에 네덜란드의 경제는 활력을 잃게 되었고 발 빠른 사람들은 미국으로 이주하였다.

튤립이 질 때면 미국의 여성 시인 실비아 플라스(Sylvia Plath)가 떠오른다. 그녀의 남편은 영국의 계관시인 테드 휴즈(Ted Hughes)이다. 휴즈의 외도로 이혼을 하고 생활고를 겪던 그녀는 서른한 살의 나이에 가스 오븐에 머리를 넣고 자살한다. 몇 년이 지난 후 휴즈의 동거인이었던 아시아 위빌(Assia Wevill) 역시 딸 슈라(shura)와 함께 똑같은 방식으로 자살한다.

어릴 때부터 우울증을 앓아 여러 차례 자살 시도를 했던 플라스의 연약한 심리 상태는 「튤립(Tulips)」에 잘 드러난다. 입원한 병실에 꽂힌 튤립을 보고 쓴 시이다. "튤립은 우선 너무 빨갛죠, 튤립들이 나를 아프게 해요./ 심지어 포장지를 통해서 튤립이 숨 쉬는 소리를/ 난 들을 수 있어요. 흰 기저귀를 찬 성가신 아이처럼./ 튤립의 빨간색이 내 상처에 말을 걸어요. 그것은 잘 어울려요." 이런 구절에서 엿보이듯 육아를 담당한 여성 시인의 고단한 일상이 은연중에 시에 담겨 있다. 그녀는 병실에 누워 붉은 튤립에게 자신의 상처를 투사한다. 죽음 충동에 시달리는 우울증에는 미묘하게 작동하는 공격성이 있다. 불안한 주체의 분노가 타자를 향하지 못한 채 자신에게로 향하는 것이다. 자살은 또 다른 자살을 불러오듯, 2009년에는 아들 니콜라스 휴즈마저 우울증으로 자살했다.

코로나 사태로 말미암아 심리적 곤경을 호소하는 사람들이 많다. 자신의 억압된 감정을 타자에게 토로하지 못한 채 혼자 감당하다 극단적 선택을 하는 사례가 한국에서 증가하고 있다.

사실 인간은 불완전한 존재이다. 언제든 실수와 잘못을 저지를 수 있고, 또한 그것을 아파하는 나약한 생명체이다. 미래는 불확실하고 그 어디에도 안전핀이 없는 것만 같다. 불안과 두려움을 양분 삼아 자라는 것이 우울증이다. 코로나 블루가 번지는 상황에서 내면에 따스한 햇살을 비추어 줄 필요가 있다. '당신이 세상에서 가장 소중한 존재임을 잊지 마세요. 당신 입술에 번지는 미소가 우주보다 더 찬란해요. 당신을 스스로 따스하게 안아주는 봄날이 되세요.'

튤립

튤립은 아주 흥분을 잘해요, 이곳은 겨울.
모든 것이 얼마나 새하얗고, 고요하고, 눈에 덮여 있는지 보세요.
햇살이 이 흰 벽과 침대와 손에 누울 때
나는 혼자 조용히 누워 평화를 배웁니다.
나는 아무도 아닌 존재입니다. 난 갑자기 감정이 폭발하지는 않아요.
나는 내 이름과 세탁물을 간호사들에게 주었고
나의 병력은 마취 전문의에게, 내 몸은 외과의사에게 맡겼어요.

그들은 내 머리를 베개와 침대 이불 끝자락 사이에 받쳐놓았어요
마치 닫히지 않는 두 개의 흰 눈꺼풀 사이에 있는 눈처럼.
멍한 눈동자, 모든 걸 놓치지 않고 보아야 합니다.
간호사들이 지나가고 또 지나갑니다. 그들은 성가시지 않아요.
그들은 흰 캡을 쓰고 갈매기가 육지를 지나가듯 지나갑니다.
저마다 손으로 일을 하면서, 이 간호사는 다른 간호사와 똑

같아요,
그래서 얼마나 간호사가 많은지 모르겠어요.

내 몸은 그들에겐 조약돌이죠, 그들은 마치 흘러넘쳐 가야
하는
물이 조약돌을 부드럽게 다루듯 나를 돌보고 있어요.
그들은 빛나는 주삿바늘로 나를 마비시키고, 잠재우지요.
이제 나는 정신이 없고 환자용 여행 가방이 지겨워요―
검정 약상자 같은 하룻밤 숙박용의 에나멜가죽 가방.
남편과 아이는 가족사진 속에서 웃고 있고
그들의 미소는, 웃는 작은 갈고리처럼 내 피부를 붙잡네요.

나는 모든 것을 풀어놓아 버렸어요. 서른 살의 화물선은
고집스럽게 내 이름과 주소에 매달려 있네요.
그들은 사랑스러운 내 기억들을 말끔하게 닦아버렸어요.
초록색 플라스틱 베개가 달린 운반 침대에서 알몸으로 겁에
질린 채
나는 내 찻잔 세트, 나의 리넨 속옷 장, 내 책들이
시야에서 가라앉는 것을 봅니다. 그리고 물결이 내 머리를 덮
쳤어요.
나는 이제 수녀입니다. 이토록 순결했던 적이 결코 없었어요.

나는 어떤 꽃도 필요 없어요, 나는 단지 내 양손을

위로 향하게 누워 완전히 나를 비워두고 싶었어요.
얼마나 자유로운지, 당신은 제가 얼마나 자유로운지 모를 거
예요—
평화로운 마음이 너무 커서 멍해질 정도니까요.
아무것도 요구하지 않아요, 이름표와 몇몇 장신구로 만족
해요.
평화는, 마침내 죽은 자들이 다가와 에워싸는 것이죠, 난 그
들이
성찬식의 밀떡처럼, 평화를 입에 넣고 다무는 것을 상상합
니다.

튤립은 우선 너무 빨갛죠, 튤립들이 나를 아프게 해요.
심지어 포장지를 통해서 튤립이 숨 쉬는 소리를
난 들을 수 있어요. 흰 기저귀를 찬 성가신 아이처럼.
튤립의 빨간색이 내 상처에 말을 걸어요. 그것은 잘 어울려요.
튤립은 예민하고, 나를 누르지만 떠 있는 것 같아요.
그들이 갑자기 내미는 혀와 색깔은 나를 흥분시킵니다,
나의 목 주변에 빨간 납으로 만든 열두 개의 봉돌.

이전에는 아무도 날 보지 않았지만, 지금은 주시당하고 있죠.
튤립이 내 쪽으로, 내 뒤의 창문으로 고개를 돌리고
하루에 한 번 햇빛이 천천히 넓어지고 천천히 얇아집니다.
납작하고, 우습고, 오려낸 종이그림자 같은 나 자신을 봅니다.

태양의 눈과 튤립의 눈 사이에서
나는 얼굴이 없지요, 나 자신을 지워버리고 싶었어요.
생기 넘치는 튤립들이 내 산소를 먹습니다.

그들이 들어오기 전에는 공기가 아주 고요했어요.
오고 가면서, 숨을 쉬고, 야단스럽지 않았어요.
그러다 튤립이 떠들썩한 소음처럼 공기를 가득 채웠지요.
강물이 벌겋게 녹슨 엔진에 부딪쳐 빙빙 돌면서 흐르듯이
이젠 공기가 튤립 주위에 부딪혀 소용돌이칩니다.
튤립은 얽매이지 않은 채 행복하게 놀면서 쉬고 있는
내 주의를 집중시킵니다.

벽도, 스스로 따뜻해지는 것 같아요.
튤립은 위험한 동물처럼 철창 뒤에 있어야 해요.
그들은 거대한 아프리카 고양이처럼 입을 벌리고 있어요.
그리고 난 내 심장을 알게 되었지요. 나에 대한 순수한 사랑
으로
심장은 빨간 꽃봉오리의 접시받침을 열었다 닫았다 합니다.
내가 맛보는 물은, 바다처럼, 따스하고 짠맛이 나고,
건강처럼 아주 먼 나라에서 옵니다.

Tulips

The tulips are too excitable, it is winter here.
Look how white everything is, how quiet, how snowed—
in.
I am learning peacefulness, lying by myself quietly
As the light lies on these white walls, this bed, these
hands.
I am nobody; I have nothing to do with explosions.
I have given my name and my day—clothes up to the
nurses
And my history to the anesthetist and my body to
surgeons.

They have propped my head between the pillow and the
sheet—cuff
Like an eye between two white lids that will not shut.
Stupid pupil, it has to take everything in.
The nurses pass and pass, they are no trouble,
They pass the way gulls pass inland in their white caps,
Doing things with their hands, one just the same as

another,
So it is impossible to tell how many there are.

My body is a pebble to them, they tend it as water
Tends to the pebbles it must run over, smoothing them
gently.
They bring me numbness in their bright needles, they
bring me sleep.
Now I have lost myself I am sick of baggage—
My patent leather overnight case like a black pillbox,
My husband and child smiling out of the family photo;
Their smiles catch onto my skin, little smiling hooks.

I have let things slip, a thirty—year—old cargo boat
stubbornly hanging on to my name and address.
They have swabbed me clear of my loving associations.
Scared and bare on the green plastic—pillowed trolley
I watched my teaset, my bureaus of linen, my books
Sink out of sight, and the water went over my head.
I am a nun now, I have never been so pure.

I didn't want any flowers, I only wanted
To lie with my hands turned up and be utterly empty.

How free it is, you have no idea how free—
The peacefulness is so big it dazes you,
And it asks nothing, a name tag, a few trinkets.
It is what the dead close on, finally; I imagine them
Shutting their mouths on it, like a Communion tablet.

The tulips are too red in the first place, they hurt me.
Even through the gift paper I could hear them breathe
Lightly, through their white swaddlings, like an awful
baby.
Their redness talks to my wound, it corresponds.
They are subtle: they seem to float, though they weigh
me down,
Upsetting me with their sudden tongues and their
colour,
A dozen red lead sinkers round my neck.

Nobody watched me before, now I am watched.
The tulips turn to me, and the window behind me
Where once a day the light slowly widens and slowly
thins,
And I see myself, flat, ridiculous, a cut—paper shadow
Between the eye of the sun and the eyes of the tulips,

And I have no face, I have wanted to efface myself.
The vivid tulips eat my oxygen.

Before they came the air was calm enough,
Coming and going, breath by breath, without any fuss.
Then the tulips filled it up like a loud noise.
Now the air snags and eddies round them the way a river
Snags and eddies round a sunken rust—red engine.
They concentrate my attention, that was happy
Playing and resting without committing itself.

The walls, also, seem to be warming themselves.
The tulips should be behind bars like dangerous animals;
They are opening like the mouth of some great African
cat,
And I am aware of my heart: it opens and closes
Its bowl of red blooms out of sheer love of me.
The water I taste is warm and salty, like the sea,
And comes from a country far away as health.

실비아 플라스(Sylvia Plath, 1932~1963)

플라스는 미국의 고백파 시인 중에서 가장 유명한 시인이자 소설가이며, 그녀의 생애를 소재로 한 영화 〈실비아(Sylvia)〉가 있다. 어렸을 때부터 문학에 재능을 보였으며, 자전적 성격의 소설인 『종 항아리(The Bell Jar)』(1963)를 출간했다. 케임브리지대학에 교환학생으로 갔을 때, 영국의 계관시인 테드 휴즈와 결혼했다. 남편의 외도와 생활고에 시달리다 가스 오븐에 머리를 넣고 자살한 사건 이후, 그녀는 미국 시단에 페미니즘의 열풍을 몰고 와 전설이 되었다. 생전에 출판된 시집은 『거대한 조각상과 다른 시편들(Colossus and Other Poems)』(1960)이며 사후에 휴즈가 편집한 시집 『에어리얼(Ariel)』(1965)과 일기 모음집인 『실비아 플라스의 일기(The Unabridged Journals of Sylvia Plath)』(2000) 등이 있다.

젠더 폭력[1]
테드 휴즈

❧

    신록의 계절인 오월에 산에 가면 연두와 초록의 향연이 펼쳐진다. 며칠 전 날씨가 화창해 울산 울주군 가지산(加智山)에 다녀왔다. 가지산은 원래 석남산(石南山)이었는데, 1674년에 석남사가 중건되면서 이름이 바뀌었다. 해발 1,241미터 높이로 영남 알프스 최고봉인데 여러 전설이 전해져 내려온다. 신라 흥덕왕 때 전라도 보림사의 '가지선사'가 와서 석남사를 지었다는 설도 있고, 까치의 이두식 표기인 '가치'에서 비롯되었다는 설도 있다.

    우리나라 의류 가운데 등산복과 골프복 시장이 활성화된 것은 그만큼 주말에 등산하거나 골프를 하는 사람이 많기 때문이다. 해외여행을 갈 때 한국인들이 등산복을 선호해 여행 패션을 바꾸자는 말도 있었다. 4월부터 주말에 근교의 산을 오르면서 이런저런 생각을 한다. 산을 오르는 사람의 내면에는 무슨 욕망이 있는 것일까? 사실 나는 등산을 선호하지 않았다. 정상까지 오르는 길이 지겹고 힘들기 때문이다. 산 정상에 올랐을 때, 툭 트인 산의 정경이 주는 시원한 쾌감은 크지만 내려오는 길도 쉽지 않다.

그래서 주말에 혼자 밀린 집안일을 하는 경우가 많다. 이불 빨래나 청소 등을 하면서 주중에 못 한 일을 처리한다. 사실은 제대로 휴식을 취하지 못한 것이다. 남성들은 주말에 집에서 쉬거나 가족과 외식 혹은 운동하면서 쉬지만 다수의 직장 여성과 파트타임으로 일하는 여성들은 온전히 쉬기가 쉽지 않다. 그만큼 사회적 여건이 수월하지 않은 탓이다. 물론 과감하게 주말을 쉬기로 작정한 여성도 있지만, 다수는 여전히 자녀 교육이나 가사 노동에 매여 있는 편이다.

등산에 집착하는 남성의 심리에는 정복욕이나 타자를 지배하려는 성향이 내재한다고 분석하기도 한다. 그들의 내면에는 가정과 직장에서의 스트레스와 억압에서 탈출하고픈 욕망이 있다. 일상에서 마주치는 긴장을 적절히 해소하기 위해 등산하면서 인간관계에서 오는 압박감을 해소하려는 무의식이 있다. 경쟁에서 승리해야 생존이 가능한 사회 분위기와 자신의 내면을 솔직히 드러낼 수 없는 중년 남성들의 로망이 MBN TV의 〈나는 자연인이다〉라는 프로그램에 투영되어 있다.

자연으로의 회귀를 열망하는 중년 남성의 심리는 복잡 미묘하다. 특히 사회적 중추로 자리 잡은 그들의 윤리 의식이나 삶의 태도가 21세기의 변화된 세계관과는 이질성을 보이는 사례가 많다. 뉴스에서 접하게 되는 사건들이 젊은 세대의 가치와 상반됨에도 불구하고 자신들의 엘리트 혹은 선민의식이 미묘한 사회적 갈등을 가져온다. 그 가운데 두드러지는 것이 젠더 폭력의 문제이다. 변화된 성적 가치관이나 젠더 개념이 체화되지 않은 중년 남성들의 태도가 최근 몇 년간 우리 사회의 정치 지형이나 문화 전반에 큰 이슈가 된 것도 이와 무관하지 않다.

가정이나 사회에서 남성 가장이 주인공이며 주인이라는 의식이 아직도 사적인 영역에서 강하게 작동한다. 근절되지 않는 십 대 소녀들의 성매매라든지 외도 산업을 조장하는 사회적 분위기 역시 엄연히 존재한다. 남성성에 대한 그릇된 자부심과 그것을 강화시키는 집단 분위기도 크게 개선되지 않는 안타까운 현실이다. 남성의 성욕은 신이 내려준 선물이자 본능이라고 주장하면서, 여성을 성적 대상화하는 젠더 폭력은 은밀하게 여러 상황에서 작동된다.

테드 휴즈(Ted Hughes)가 쓴 「홰에 앉은 매(Hawk Roosting)」라는 시에서 그러한 젠더 폭력을 가능하게 하는 원초적 본능과 권력 욕구를 탐색할 수 있다. 이 시에 등장하는 매는 하늘 높이 날아올라 전지전능한 하느님처럼 만물 위에 군림하는 포즈를 취한다. "혹은 날아올라, 아주 서서히 삼라만상을 회전시킨다―/ 나는 죽인다 마음 내키면, 모두 내 것이기에./ 내 몸에는 전혀 궤변이 없다./ 내 방식은 대가리를 산산이 찢어버리는 것―" 이 구절에서 보듯 매는 그 어떠한 논쟁이나 비판도 허용하지 않는 계엄령을 집행하는 독재자처럼 보인다. 마치 절대 왕정의 군주처럼 생사여탈권을 지닌 것 같다. 사냥할 때를 주시하는 매는 절대적 주권을 가진 '법' 그 자체인 것처럼 다가온다.

테드 휴즈는 영국의 계관시인인데 그의 아내는 남편의 외도로 인해 오븐에 머리를 넣고 자살한 실비아 플라스이다. 「홰에 앉은 매」는 매가 가진 동물적 주권을 표현하면서 법의 폭력성까지 꿰뚫는 시적 안목이 탁월한 시이다. 절대적 권력을 향유하고픈 인간의 무의식을 홰에 앉은 매를 통해 엿볼 수 있다. 젠더 폭력 역시 신체적 혹은 사회 경제적 지위가 높은 사람이 타자를 착취할 때 언제든지 출현할 수 있다.

홰에 앉은 매

......

높은 나무의 편리함!
공기의 부력과 태양의 빛은
나에게 유리하다
내가 감시할 수 있도록 위로 향하는 지구의 얼굴.

내 발은 거친 나무껍질에 묶여 있다.
내 발과 각각의 깃털을 만들기 위해
모든 우주만물이 필요했다
이제 나는 내 발 안에 창조물을 움켜쥐거나

혹은 날아올라, 아주 서서히 삼라만상을 회전시킨다—
나는 죽인다 마음이 내키면, 모두 내 것이기에.
내 몸에는 전혀 궤변이 없다.
내 방식은 대가리를 산산이 찢어버리는 것—

죽음을 분배하는 것.
내 비상의 한 가지 길은 바로

살아 있는 자의 뼛속을 관통하는 것이므로.
내 권리는 논쟁의 여지가 없다.

태양이 내 뒤에 있다.
내가 시작한 이래 아무것도 변하지 않았다.
내 눈이 어떤 변화도 허락하지 않는다.
나는 이처럼 현재 상태를 유지할 것이다.

Hawk Roosting

......

The convenience of the high trees!
The air's buoyancy and the sun's ray
Are of advantage to me;
And the earth's face upward for my inspection.

My feet are locked upon the rough bark.
It took the whole of Creation
To produce my foot, my each feather:
Now I hold Creation in my foot

Or fly up, and revolve it all slowly—
I kill where I please because it is all mine.
There is no sophistry in my body:
My manners are tearing off heads—

The allotment of death.
For the one path of my flight is direct

Through the bones of the living.
No arguments assert my right:

The sun is behind me.
Nothing has changed since I began.
My eye has permitted no change.
I am going to keep things like this.

테드 휴즈(Ted Hughes, 1930~1998)

영국의 시인이자 아동 문학가인 휴즈
는 요크셔의 서부에 있는 작은 도시에
서 태어났다. 케임브리지 대학에서 고
고학과 인류학을 전공했고 졸업 후에
는 런던으로 이주해서 동물원 직원, 정
원사, 연극 대사를 읽어주는 일 등을
했다. 대학 시절 문학잡지를 창간했다.
미국에서 온 실비아 플라스(Sylvia Plath)를 만나 사랑에 빠졌고
몇 달 후 그들은 결혼했다. 첫 시집『빗속의 매(The Hawk in the
Rain)』(1957)를 출간해 유명해졌다. 아내 실비아가 자살하고,
나중에 동거녀였던 아시아 위빌(Assia Wevil)마저 자살한다. 그
러한 고통을 겪으면서 휴즈는 시집『까마귀(Crow)』(1970)를 출
판한다. 1984년에 54세로 영국의 계관시인으로 임명되었다.
휴즈는 실비아와의 삶과 사랑에 대한 시집『생일편지(Birthday
Letters)』(1998)를 출간했고 그해에 암으로 죽었다.

여름날의 태양과 소네트¹
윌리엄 셰익스피어

꿈

올해는 장마가 6월이 아닌 7월에 찾아왔다. 장마가 시작되면 창문에 맺히는 빗방울에 시선이 간다. 며칠 전 울주군의 영남 알프스 9봉 가운데 언양에 있는 고헌산에 올랐다. 영남 알프스 주변 산들은 서로 어깨를 맞대거나 가까이 있는데 고헌산만 홀로 우뚝 솟아 있었다. 그런 탓인지 옛날에는 가뭄이 심할 때 고헌산에서 기우제를 지냈다고 한다.

아침 일찍 출발했지만 산 정상에 가까이 가니 빗방울이 나뭇잎을 적시고 있었다. 비가 내리는 숲속은 안개가 번져 신비로웠다. 초록 잎사귀와 부드러운 풀들은 비에 온몸을 맡기는 듯했다. 산속에서 비가 내리면 고립감이 밀려들고 마음 한구석에 살짝 두려움이 올라온다. 그러면서 세상에서 잠시나마 벗어난 듯 묘한 기분에 휩싸인다. 미끄러운 숲길을 헤치고 조심스레 내려왔다. 집으로 돌아와 샤워를 하는데 여전히 장맛비가 내렸다.

새벽에 창문에 톡톡 부딪치는 빗소리에 잠이 깨어『우울한

게 아니라 화가 났을 뿐』이라는 책을 읽었다. 심리상담가인 알무트 슈말레 리델이 저술했는데 우리가 마주치게 되는 분노의 감정을 아주 섬세하게 분석하고 있다. 일상에서 쌓이는 분노를 적절히 표현하지 못하면 그 감정은 우울로 나타나거나 두통, 가슴 통증, 피부병 등의 신체화 증상으로 나타난다. 남성은 분노를 폭력으로 표출하는 경향이 있지만 분노 표출이 금기시되는 교육을 받은 여성들은 분노가 내면에 쌓여 우울에 사로잡히는 사례가 많다. 제대로 분노를 표출하지 못하는 여성은 냉소나 자기 비하의 감정에 빠져 주변 사람들에게 왜곡된 방향으로 고통을 줄 수 있다. 기쁨이나 평화 같은 좋은 감정을 지녀야 한다는 부모의 교육이 오히려 또 다른 억압이 될 수 있다는 관점이 신선하다.

장마가 시작되면 우울하거나 분노의 감정으로 고통받는 사람들이 의외로 많다. 한편 비가 내리면 마음이 더 평온해지는 사람도 있다. 날씨가 달라지면 우리의 마음과 감정도 변화를 겪게 마련이다. 마음의 색깔을 따라 일어나는 고통과 고민의 양상이 다양하기에 불교에서는 '108 번뇌'란 말을 한다. 최근의 심리 분석이나 정동 연구에서는 몸과 마음이 깊이 연관되어 있다는 주장이 압도적으로 많다. 현대인에게는 육체의 질환만큼이나 심리적 곤경과 어려움이 많기에 일을 수행하는 능력도 중요하지만 주변 사람들에게 따스하게 공감하는 자질이 필요하다.

오전까지 내리던 비가 그치자 환한 태양이 바다를 비추고 있다. 하루의 시간 안에서도 날씨는 수시로 변화한다. 뜨거운 태양이 바다를 비추는 한낮 풍경을 보니 윌리엄 셰익스피어(William Shakespeare)가 쓴 시가 생각난다. 16세기 영국의 극작가인 그는 희곡뿐만 아니라 아름다운 소네트(Sonnet, 14줄로 된 짧은 시)도 많이 남겼다. 4대 비극을 비롯한 그의 작품들은 런던의 극장가에서 장기 공연되어 '셰익스피어 산업'이라 일컬어졌다. 엘리자베스 1세 여왕의 든든한 후원하에 영국 문화 산업의 큰 축이 된 것이다.

부산시에서 부산 문화의 발전을 위해 지원하는 부산문화재단의 문학·출판 정책에 대해 작가들은 불만이 있다. 매년 출판 지원 신청을 받은 후 작가들을 후원하지만, 책의 출간 기한을 1년으로 한정해 다수의 작가들이 좋은 출판사를 선정하는 데 애를 먹고 있다. 서울·경기 지역의 유명 출판사의 경우 시집이나 소설집은 이미 출간 일정이 빼곡해 1년 안에 책을 출간하는 것이 힘든 경우가 많다. 지역 출판사 역시 바쁠 때가 많아 선정한 책의 출간 기한을 2년 혹은 3년 정도로 주는 것이 바람직하다. 서울문화재단이나 한국연구재단의 경우에도 저서 출판은 2~3년의 기한을 뒤 작가나 연구자에게 실질적인 도움을 주고 있다. 그래야만 책의 내용과 질이 더 좋아져 부산문화재단의 정책이 진정한 효과를 거둘 수 있다.

셰익스피어가 쓴 소네트 18번 「소네트 18—당신을 여름날에 비유할까요?(Sonnet 18—Shall I Compare Thee to a Summer' s Day?)」에서는 사랑하는 연인을 한 여름날의 태양에 비유한다. "그러나 당신의 영원한 여름은 사라지지 않고,/ 당신이 소유한 아름다움을 잃지 않을 것입니다./ 죽음조차 그 그늘에서 당신이 헤맨다고 자랑할 수 없지요./ 불멸의 시행(詩行)으로 시간 속에서 자라날 것이니/ 사람들이 숨 쉬고 눈으로 볼 수 있는 한/ 이 시는 오래 살아남아, 당신에게 생명을 줄 거예요." 그에게 이토록 뜨거운 연애시를 쓰게 한 여인이 누구인지 궁금하다. 남녀 간의 사랑의 감정은 일종의 질병처럼 서로에게 깊이 빠져들게 만드는 매혹이다. 저토록 찬란한 사랑이 오래도록 변하지 않는 비법은 무엇일까. 한 여름날의 유혹처럼 사랑의 감정에 흠뻑 젖어 여름휴가를 떠나고 싶다. 살아 있는 동안 최고의 행복을 향유하는 것이 우리들에게 필요하다.

소네트 18 — 당신을 여름날에 비유할까요?

당신을 여름날에 비교할 수 있을까요?

당신은 훨씬 더 사랑스럽고 온화해요.

거친 바람이 오월의 귀여운 꽃봉오리를 흔들고,

여름이 누리는 기간은 너무나 짧지요.

때로 하늘의 눈은 너무 뜨겁게 빛나고,

가끔 그 황금빛 얼굴이 흐려질 때도 많지요.

그리고 모든 아름다운 것들은 때때로 시들어지고,

우연히 혹은 자연이 변화하는 과정에 거칠게 변하지요.

그러나 당신의 영원한 여름은 사라지지 않고,

당신이 소유한 아름다움을 잃지 않을 것입니다.

죽음조차 그 그늘에서 당신이 헤맨다고 자랑할 수 없지요.

불멸의 시행(詩行)으로 시간 속에서 자라날 것이니

사람들이 숨 쉬고 눈으로 볼 수 있는 한

이 시는 오래 살아남아, 당신에게 생명을 줄 거예요.

Sonnet 18—Shall I Compare Thee to a Summer's Day?

Shall I compare thee to a summer's day?

Thou art more lovely and more temperate:

Rough winds do shake the darling buds of May,

And summer's lease hath all too short a date;

Sometime too hot the eye of heaven shines,

And often is his gold complexion dimm'd;

And every fair from fair sometime declines,

By chance or nature's changing course untrimm'd;

But thy eternal summer shall not fade,

Nor lose possession of that fair thou ow'st;

Nor shall death brag thou wander'st in his shade,

When in eternal lines to time thou grow'st:

So long as men can breathe or eyes can see,

So long lives this, and this gives life to thee.

윌리엄 셰익스피어(William Shakespeare, 1564~1616)

셰익스피어는 영국의 극작가이자 시인이며, 잉글랜드에서 태어나 런던으로 이주해 작품 활동을 시작하였고, 1589년 첫 작품 『헨리 6세(*Henry VI*)』를 발표하며 명성을 얻기 시작했다. 탁월한 재능으로 계층을 가리지 않고 폭넓은 인기를 누렸고 엘리자베스 여왕이 인도와도 바꿀 수 없다고 칭송할 정도였다. 1600~1606년경에 '4대 비극'인 『햄릿(*Hamlet*)』, 『오셀로(*Othello*)』, 『리어 왕(*King Lear*)』, 『맥베스(*Macbeth*)』를 차례로 발표하며 위대한 걸작들을 남겼고 희극, 역사극도 남겼다. 37편의 희곡과 154편의 소네트, 2편의 이야기시 등을 집필한 그는 천부적인 언어 감각으로 사회를 꿰뚫어 보는 통찰력과 인간에 대한 깊은 이해를 보여준다. 관객과 독자에게 공감을 자아내는 심오한 작품 세계로 그는 현대에도 여전히 영향을 주고 있다.

달빛 아래 술잔을 건네다:
조지 고든 바이런

﹏

　지구 온난화로 인한 기후 변화 탓인지 가을 하늘이 맑지 않다. 유월 무렵에 찾아오던 장마는 기간이 짧아지고 오히려 가을장마가 이어진다. 그래도 가을은 서서히 우리 곁에 다가와 있다. 추석이 다가오면 이런저런 것들을 챙기며 마음이 분주해진다. 어릴 적에는 가족들이 거실에 모여 앉아 송편을 빚었다. 뒷산에 가서 따온 솔잎을 얹어 찐 송편의 맛이 그립다. 큰집에 갔을 때 들판에 익은 벼의 황금빛 물결과 감나무에 달린 단감도 생각난다.

　둥근 달 아래서 댕기머리를 한 처녀들이 강강술래를 하는 모습은 한국화 속에서만 존재한다. 화사한 빛깔의 치마저고리를 입고 춤추던 소녀들의 웃음소리는 어디로 간 걸까. 시간은 매 순간 우리를 어디론가 데려간다. 문득 돌아보면 아득한 과거의 환영처럼 느껴진다. 사는 것이 한바탕 꿈인 것 같아 당황스러울 때가 있다. 맛있는 추석 음식을 준비하시던 어머니는 요양병원에 계시는데, 최근에 황반변성 증상이 생겨 시력이 약해지셨다. 고사리 같은 손으로 앙증맞은 송편을 빚었던 나도 중년이 되었다.

결혼한 이후에는 추석이 즐거운 행사가 아니었다. 시댁에서 구박을 하는 것도 아닌데, 명절에 시댁에 가는 것이 왠지 부담스럽고 편안하지 않았다. 가시방석에 앉은 것처럼, 가사 일에 익숙하지 않아 안절부절 불안했다. 결혼을 화분에 이식되는 꽃으로 비유하는 말에 공감이 간다. 분위기가 다른 가정에 이식되어 뿌리를 내리는 것이다. 세월이 지난 후에는 늙어 가는 시부모님을 보면 안쓰러운 생각이 들었다. 한편으론 추석에 외국으로 여행을 떠나거나 국내 여행지를 다니는 친구들이 부러웠다.

그래도 추석이 오면 보름달은 두둥실 떠올랐다. 달을 보면 중국 당나라 때의 시인인 이백이 쓴 「월하독작(月下獨酌)」 이란 시가 생각난다. 이 시 제목은 '달빛 아래 홀로 술을 마시다'란 뜻인데 시적 정황이 아주 아름답다. 코로나로 인해 술집을 가기 어려워 전국적으로 와인 판매량이 늘어났다고 한다. 와인이든 소주이건 혼술이 문화가 된 상황이다. 지금은 아마도 아파트의 달을 보면서 술 한 잔을 마시지만, 이백은 경치가 수려한 곳에 앉아 달을 보며 술 한 잔을 건넸을 것이다. 이 시의 도입부에 "꽃 사이에 술 한 병 놓고 대작할 이 없어 홀로 마시네./ 잔을 들어 밝은 달을 불러오고 그림자와 더불어 셋이 되었네."로 표현되어 있다. 이백은 술을 마시면서 우주와 교감하는 상상력을 멋지게 펼친다. 성품이 호방한 사람이었을 것으로 유추된다.

그가 살던 당나라의 시대 상황은 부정부패로 인한 정치적 혼란이 거센 시기였다. 그도 43세에 관직에 나갔지만 뜻을 이루지 못하고 궁정에서 쫓겨나 유배되거나 옥중에 갇히는 신세가 된다. 그럼에도 그의 시에는 신선 같은 마음이 느껴진다. 외로운 삶이지만 유유자적하는 저 여유가 시인의 품격일 것이다. 이백은 술을 마시면서 벗을 그리워하는 마음이 은하수까지 이어진다는 장쾌한 면모를 보여 준다.

한편 영국의 시인 조지 고든 바이런(George Gordon Byron)은 달과 연관된 연애시를 남겼다. 그는 날카로운 통찰과 비판 의식, 자유분방하고 유려한 문체로 낭만주의 문학을 이끈 선구자로 통한다. 귀족 집안 출신이었던 그는 수려한 외모에 패션 감각도 뛰어나 아랍풍의 옷을 입기도 했다. 바이런은 자유분방하고 우울하며 고독한 낭만주의 시인의 전형처럼 여겨진다. 그는 수많은 여성들과 연애를 했으며 마지막에는 그리스 독립전쟁에 참전하여 36세의 이른 나이에 죽게 된다. 바이런은 방랑자의 고뇌와 사회적 부조리에 반항하는 인물을 창조했으며 영국 문학사의 전설이 된 시인이다.

그는 달빛 아래를 걸으며 사랑에 관한 시인 「자, 방황은 이제 그만(So, We'll Go No More a Roving)」을 쓰면서 "칼이 칼집을 상하게 하듯,/ 영혼은 마음을 피곤하게 하니,/ 심장은 숨을 쉬기 위해 잠시 멈춰야 해요,/ 사랑 자체도 쉬어야 해요." 라고 읊조린다. 밤은 사랑을 위해 만들어졌지만 방황을 멈추어야 한다고 스스로에게 말하고 있다. 연인에게 구애하는 사랑의 행위를 달빛 아래 더 이상 하지 말자고 다짐한다. 질풍노도의 광기처럼 금기를 넘나들던 그의 사랑도 자신의 내면으로 돌아가고자 한다.

　이백의 호방한 성품과 바이런의 자유로운 연애사를 떠올리며, 추석날 밤하늘에 보름달이 떠오르기를 기다린다. 찬란한 태양과 달리 소외되고 음울한 이미지를 지닌 달은 신비롭다. 은은한 달빛은 이 지상의 모든 존재를 비추고 어두운 밤길을 가는 나그네에게 가만히 위로를 건넨다. 달 탐사로 인해 달의 신비는 하나둘 베일을 벗고 있지만, 토끼가 절구를 찧는다는 전설이 사라지지 않기를 소망한다. 홀로 술을 마시는 사람들이 늘어나는 역병의 시대이지만, 기쁨이 충만한 추석이 되기를 달에게 빈다.

자, 방황은 이제 그만

자, 우리 더 이상 방황하지 말아요,
이토록 밤이 늦었으니,
아직도 심장은 사랑에 불타지만,
달이 여전히 밝게 비추지만.

칼이 칼집을 상하게 하듯,
영혼은 마음을 피곤하게 하니,
심장은 숨을 쉬기 위해 잠시 멈춰야 해요,
사랑 자체도 쉬어야 해요.

밤은 사랑을 위해 만들어졌지만,
아침이 너무 빨리 돌아오더라도,
달빛이 비치는 곳에서
우리 더 이상 방황하지 말아요.

So, We'll Go No More a Roving

So, we'll go no more a roving
So late into the night,
Though the heart be still as loving,
And the moon be still as bright.

For the sword outwears its sheath,
And the soul wears out the breast,
And the heart must pause to breathe,
And love itself have rest.

Though the night was made for loving,
And the day returns too soon,
Yet we'll go no more a roving
By the light of the moon.

조지 고든 바이런(George Gordon Byron, 1788~1824)

∽

바이런은 수려한 외모와 독특한 개성으로 영국 문단에 혜성같이 등장한 시인이다. 그는 세 살 때 아버지가 돌아가시고 10살 때에 6대 바이런 남작이 되어 노팅검의 영지를 물려받았다. 1805년에 케임브리지대학에 입학하여 역사와 문학을 전공했지만 학업에 몰두하지는 않았고, 1808~1811년 동안에 포르투갈, 스페인, 그리스 등을 여행했다. 그의 첫 작품인『차일드 헤럴드의 순례 (*Childe Harold's Pilgrimage*)』는 긴 서사시로서 그를 낭만주의 문학의 선두주자로 확고하게 자리 잡을 수 있게 했다. 『돈 주안(*Don Juan*)』은 현실의식과 재치로 유명한 풍자 서사시이다. 바이런은 상원에서 노동자의 권리와 사회 개혁을 옹호하는 정치인이었고, 여성 편력 등의 사생활로 비난을 받았지만, 여전히 낭만주의의 향수를 불러일으킨다.

식탁을 차리는 예수와 그릇들¦
존 키츠

❧

벚꽃이 지고 검은 나뭇가지에 파릇한 잎사귀가 돋아났다. 철쭉이 피는 사월에 문득 죽음을 생각한다. 돌아가신 분의 영혼은 우주 너머 어딘가에 계시리라 믿지만 정말 그런 건지 가끔 회의가 생긴다. 그냥 모든 것이 자연으로 돌아가 사라지는 것 같다. 그러다 부활절이 오면 십자가에 매달려 죽은 예수를 떠올린다. 나사렛이라는 유대의 시골 마을에서 모함을 받고 죽은 그가 죽기 직전에 한 일은 식탁을 차리는 일이었다. 제자들과 함께 빵과 포도주를 나눠 먹고 마셨다.

아침마다 식탁을 차리면서 그를 생각한다. 일상의 작은 행위 안에 깃든 신성을 우리는 간과하는 것이 아닐까. 밥이나 빵을 차리는 엄마 혹은 아빠의 몸짓에서 가족이라는 경건한 울타리를 새삼 발견한다. 후기 자본주의 사회의 지나친 경쟁과 권력에 휘둘리지만 가족이 오손도손 모여 밥을 해 먹는 것이 새삼 소중하다. 가격이 치솟은 파와 계란에 마음 한구석이 불편하다. 한 끼의 식사를 차리기 위해 애쓰는 주부의 경제적 가치는 단순한 가격 이상의 의미를 담고 있다. 사랑은 재화로 환산하기 쉽지 않기 때문이다.

주부의 돌봄 노동이나 가사 노동에 대해 좀 더 가치를 부여할 필요가 있다. 미래 세대는 엄청난 집값과 고용 불안 때문에 결혼을 미루고 아이도 포기하는 경우가 많다. 청년들에게 용돈처럼 지급하는 도움의 방식이 아니라 한 가정을 튼튼히 꾸려 나갈 사회적 토대를 구성하는 게 시급하다. 혼자 벌어서 먹고살기가 점점 힘들어지는 여건에서 식탁을 차리는 훈훈한 남자들은 우리 시대의 예수이다.

요즘은 대학가의 연애 풍속이 바뀌어, 남자가 자신의 원룸에 파스타와 와인을 준비해 여자 친구를 초대한다는 얘기를 들었다. 이전에는 가정에서 요리는 여자에게 전담된 것으로 여겼는데 신세대의 가치관은 현저히 변화했다. 하지만 부엌의 노동에서 중장년층의 남성은 서비스를 제공받는 위치를 점유한 경우가 많다. 부부가 함께 경제 활동을 할 때에는 가사 노동을 적절하게 분배하는 게 좋은 관계와 장수를 위해 필요하다.

식사를 준비하는 남자를 생각하다 문득 영국의 낭만주의 시인인 존 키츠(John Keats)의 시 「그리스 항아리에 부치는 시(Ode on a Grecian Urn)」를 떠올린다. 키츠가 그리스 항아리에 그려진 목가적인 그림을 시적 소재로 쓴 시인데 마지막 구절은 다음과 같다. "영원이 그러듯이, 냉정한 전원시(田園詩)!/ 늙음이 우리를 시들게 할 때도,/ 당신은 남아 있을 것입니다.

당신은 우리의 고통보다/ 더 많은 괴로움의 한복판에서, 인간의 벗으로서 말할 것입니다./ "아름다움은 진리이고, 진리는 아름다움이다.—이것이/ 당신들이 지상에서 아는 모든 것이고, 알 필요가 있는 전부입니다.'" 이처럼 키츠는 미(Beauty)의 영원한 가치를 그리스 항아리에서 발견한다.

오래전 그리스에서 사 온 화병은 토분인데 그리스의 전통 문양이 그려져 있다. 항아리가 지닌 아름다움 속에서 진리를 발견하는 키츠의 시가 새롭게 와닿는다. 몇 년 전부터 그릇들을 조금씩 수집해 왔다. 일요일 아침 가족과 식사할 때 식탁보를 깔고 아름다운 그릇으로 세팅을 하면 잔잔한 기쁨이 번진다. 일상의 작은 변화이지만 힐링이 된다.

유럽 그릇의 역사는 중국과 일본 도자기에서 비롯되었는데, 현재 백화점 그릇 코너의 고급 매장에는 독일 마이센, 덴마크 코펜하겐, 영국 웨지우드, 프랑스 하빌랜드 등의 그릇이 차지하고 있다. 동양에서 비롯된 도자기가 유럽의 기술 혁신과 협업 시스템으로 거듭난 현상이다.

한국 도자기는 개인이나 가족 중심의 가마에서 구워지던 전통이 우세해 첨단 기법을 동원한 유럽의 생산 방식과 비교할 때 조금 뒤처진 느낌이 들어 아쉽다. 물론 개별 도자기가 갖는 예술성은 또 다른 차원이다. 몇 년 전 삼성의 리움 미술관에서 열린 전시에서 고려청자를 감상했다. 사실 한국 도자기를 더러 보아 왔지만 크게 감동을 받지 못했는데, 리움 미술관의 소장품은 수준이 아주 높았다. 그 은은한 세련미와 고아한 품격은 경이로웠다. 저렇게 앞선 기술을 선조들이 지녔는데 역전당한 느낌이 든다. 기술 혁신과 예술적 감각을 동원하여, 한국의 그릇이 전 세계에서 주목받는 또 하나의 한류가 되기를 기대한다.

그리스 항아리에 부치는 시

I

당신은 아직 더럽혀지지 않은 고요한 신부,
　당신은 침묵과 느린 시간의 양자,
우리의 시 리듬보다 더 달콤하게 꽃 같은 이야기를
　표현할 수 있는 숲속의 역사가.
가장자리에 잎사귀가 장식된 어떤 전설이
　템피 혹은 아르카디아 골짜기에서
　　신들 혹은 인간들 또는 그 둘의 형상으로 출현했나요?
그들은 사람 혹은 신들인가요? 어느 처녀들이 수줍어하나
요?
　얼마나 열렬한 추격인가요? 얼마나 도망치려 몸부림치나
요?
　　어떤 피리와 북들인가요? 얼마나 열렬하고 황홀한가요?

II

들리는 선율은 달콤하지만, 들리지 않는 선율은
　더 감미로워요. 그러니 부드러운 피리들아 계속 연주해

주렴.

감각적인 귀에 피리를 불지 말고, 더욱 사랑스럽게

　어조가 없는 짧은 노래를 영혼에게 불러주렴.

나무 밑에 있는, 아름다운 청춘, 당신은 자신의 노래를

　멈출 수 없고, 저 나무들도 결코 잎이 지지 않지요.

　　대담한 연인이여, 비록 목표 가까이 닿기는 할지라도

당신은 결코, 결코, 키스할 수 없을 거예요.—하지만, 슬퍼하

지 마세요.

　당신이 키스의 축복을 누리지 못해도 그녀는 시들 수 없으

니까요.

　　당신은 그녀를 영원히 사랑할 것이고, 그녀는 계속 아름

다울 거예요!

　　III

아, 행복하고, 행복한 나뭇가지들! 나무 잎사귀들은

　떨어지지 않고, 봄에 이별을 말하지 않을 거예요.

그리고, 지칠 줄 모르는, 행복한 연주자여,

　영원한 새로움을 찾아 영원히 피리를 부네요.

더 행복한 사랑! 더 행복하고, 행복한 사랑!

　영원히 따스하고 언제나 즐길 수 있는,

　　영원히 가슴 설레며. 영원히 젊은,

가슴에 큰 슬픔을 남기고 싫증을 느끼는,

불타는 이마와, 메말라가는 혀를 가진
  모든 살아 숨 쉬는 인간의 열정을 초월한 사랑.

　　　IV

희생의 제단으로 오고 있는 이들은 누구인가요?
  어느 푸른 제단으로, 오 신비로운 사제,
당신은 하늘을 향해 우는, 비단처럼 매끈한 허리에
  둥근 꽃다발을 단장한 어린 암소를 끌고 오시나요?
강가 혹은 바닷가 혹은 평화로운 성채로
  산 위에 세워진 어느 작은 마을에서
    이 경건한 아침에, 마을 사람들은 모두 사라졌나요?
그리고, 작은 마을, 그 거리는 영원히
  고요할 것입니다. 그리고 어떤 영혼도 말하지 못할 거예요
    왜 당신이 황폐해지고, 돌아올 수 없는지를.

　　　V

오 아티카 방식의 형상! 아름다운 자태! 대리석에
  남자들과 처녀들을 정교하게 엮어 조각한,
숲의 나뭇가지와 짓밟힌 잡초로 장식된.
  당신은, 말 없는 형상, 당신은 우리가 사유할 수 없게 괴롭
히네요.

영원이 그러듯이, 냉정한 전원시(田園詩)!

 늘음이 우리를 시들게 할 때도,

  당신은 남아 있을 것입니다. 당신은 우리의 고통보다
더 많은 괴로움의 한복판에서, 인간의 벗으로서 말할 것입
니다.

 "아름다움은 진리이고, 진리는 아름다움이다.―이것이

  당신들이 지상에서 아는 모든 것이고, 알 필요가 있는 전
부입니다."

Ode on a Grecian Urn

I

Thou still unravish'd bride of quietness,
  Thou foster-child of silence and slow time,
Sylvan historian, who canst thus express
  A flowery tale more sweetly than our rhyme:
What leaf-fring'd legend haunts about thy shape
  Of deities or mortals, or of both,
    In Tempe or the dales of Arcady?
  What men or gods are these? What maidens loth?
What mad pursuit? What struggle to escape?
    What pipes and timbrels? What wild ecstasy?

II

Heard melodies are sweet, but those unheard
  Are sweeter; therefore, ye soft pipes, play on;
Not to the sensual ear, but, more endear'd,
  Pipe to the spirit ditties of no tone:

Fair youth, beneath the trees, thou canst not leave
  Thy song, nor ever can those trees be bare;
    Bold Lover, never, never canst thou kiss,
Though winning near the goal yet, do not grieve;
  She cannot fade, though thou hast not thy bliss,
    For ever wilt thou love, and she be fair!

     III

Ah, happy, happy boughs! that cannot shed
  Your leaves, nor ever bid the Spring adieu;
And, happy melodist, unwearied,
  For ever piping songs for ever new;
More happy love! more happy, happy love!
  For ever warm and still to be enjoy'd,
    For ever panting, and for ever young;
All breathing human passion far above,
  That leaves a heart high—sorrowful and cloy'd,
    A burning forehead, and a parching tongue.

     IV

Who are these coming to the sacrifice?

To what green altar, O mysterious priest,
Lead'st thou that heifer lowing at the skies,
  And all her silken flanks with garlands drest?
What little town by river or sea shore,
  Or mountain-built with peaceful citadel,
    Is emptied of this folk, this pious morn?
And, little town, thy streets for evermore
  Will silent be; and not a soul to tell
    Why thou art desolate, can e'er return.

                V

O Attic shape! Fair attitude! with brede
  Of marble men and maidens overwrought,
With forest branches and the trodden weed;
  Thou, silent form, dost tease us out of thought
As doth eternity: Cold Pastoral!
  When old age shall this generation waste,
    Thou shalt remain, in midst of other woe
Than ours, a friend to man, to whom thou say'st,
  "Beauty is truth, truth beauty,—that is all
    Ye know on earth, and all ye need to know."

존 키츠(John Keats, 1795~1821)

∽

키츠는 영국의 런던에서 마차 대여업자의 고용인인 아버지와 그 집의 딸인 어머니 사이에서 장남으로 태어났다. 부모님이 일찍 돌아가시고 동생도 죽으면서 삶의 슬픔을 경험한 그는 병원에서 견습생을 거쳐 의사와 약제사 면허를 받았다. 그러나 그는 문학에 심취해 개업을 포기하고 시를 썼다. 그는 첫 작품집 『시집(*Poems*)』과 연이어 『엔디미온(*Endymion*)』을 출간하여 영국 낭만주의를 대표하는 젊은 시인이 되었다. 키츠는 키가 작고 몸도 약한 수줍은 성격이었다. 약혼녀였던 패니 브론(Fanny Brawne)은 활달한 성격이었고, 그의 시 「빛나는 별(Bright Star)」을 쓰게 한 뮤즈였다. 폐결핵에 걸린 키츠는 로마로 가서 스페인 광장 26번지에 방을 얻어 지내다 1821년에 스물다섯 살의 나이로 요절했다.

K팝의 전설과 흑인 시인:
랭스턴 휴즈

∽

　지난 주말에 목포로 여행을 떠났다. 처음 방문하는 곳인데 왠지 이미 알고 있는 듯했다. 아마도 〈목포의 눈물〉이란 가요 때문일 것이다. 부산에서 출발하니 4시간이나 걸리는 꽤 먼 곳이었다. 조선 시대의 불교 탱화와 불상의 특징이 잘 보존된 미황사를 방문하고 달마산을 등반했다. 대개의 사찰에는 부처 옆에 관세음보살과 보현보살이 앉아 있는데, 미황사에는 부처님 세 분이 동시에 모셔져 있는 것이 독특했다.

　근처 숙소에서 하룻밤을 자고 목포 유달산에 설치된 북항 케이블카를 타러 갔다. 별로 높지 않은 유달산은 바위와 정자들이 어우러져 한 폭의 동양화 같았다. 케이블카를 타고 내린 고하도에서 유달산을 보니 목포가 문화관광 4대 도시라고 자랑하는 이유를 알 것 같았다. 임진왜란 때 이순신 장군이 판옥선을 제작한 일화가 담긴 고하도 아래의 긴 해상 덱 산책로를 걸었다. 겨울 바다의 찬 기운이 얼굴을 스쳤지만 〈목포의 눈물〉 가사에 실린 삼백 년 품은 한의 정서가 고스란히 느껴졌다.

　유달산 일등바위에서 내려다보니 무수한 섬들이 빚어내는 다도해의 경치는 수려했다. 이순신 장군이 왜군에게 곡식을 쌓은 듯이 위장한 노적봉을 보러 가다 이난영의 노래비를 만났다. 가사를 읽는데 비음 섞인 그녀의 애절한 노래가 울려 퍼지고 있었다. 일제강점기인 1935년에 발표된 이 트로트 곡은 목포의 유달산, 삼학도, 영산강이 스며 있고 이별에 대한 슬픔이 나라 잃은 백성들의 한처럼 들려왔다. 근대 문화의 유산을 체계적으로 기획 전시한 군산에서 본 것처럼 당시의 참혹했던 민중의 삶을 체감할 수 있었다.

　부산으로 돌아오는 차 안에서 이난영의 노래를 들었다. 이전에는 공감이 가지 않던 노래인데 그 의미를 알고 귀 기울이니 감동이 밀려왔다. 현대 음악의 세련된 반주가 아닌 아코디언과 바이올린의 단순한 반주에도 심장을 울리는 묘한 목소리와 발성이 신비스러웠다. 이난영의 삶을 찾아보니 그녀가 선구적으로 성취한 대중가요사의 업적은 놀라웠다. 그것을 지역의 중요한 문화콘텐츠로 홍보하는 것도 의미 있었다.

　지난겨울 TV조선에서 방영한 〈내일은 국민가수〉를 유튜브로 자주 시청했다. 마지막에 선정되지 못한 김영흠과 김희석은 내가 특별히 좋아한 가수들이다. 김영흠은 기존의 가수에게서 보지 못한 야수적 매력이 느껴지는 발성이 신선하고, 김희석은 흑인 영가의 '소울(Soul)'적인 감성이 묻어 있다. 무엇보다 김유하라는 일곱 살 소녀의 천부적인 재능에 입을 다물 수가 없었다. 국민들이 직접 투표하는 참여의식이 돋보이는 프로그램이었다. 연말에 바빴지만 내가 좋아하는 가수들을 위해 직접 투표에 참가했다. '숯불 총각' 김동현은 부산 출신이어서 열띤 후원을 했다.

국민가수를 뽑는 과정에서 한국인의 대중가요에 대한 탁월한 안목과 감수성을 접하고 많이 놀랐다. 기존 가수의 노래를 자기만의 색깔로 해석해 더 좋은 효과를 내는 가수가 결국 선정되었다. 앵무새 같은 가수가 아닌 자기만의 예술 세계로 나아가거나 비전이 보이는 무명의 가수들을 아낌없이 후원하는 팬으로서 가슴이 뭉클했다. 이런 대중의 따스한 마음으로 인해 '방탄소년단'의 위대한 성취도 가능했을 것이다.

미국의 랭스턴 휴즈(Langston Hughes)는 흑인 민중 예술의 정수를 '소울'로 규정했다. 그는 흑인의 고통과 수난에 대한 종족의 집단의식과 그들 삶의 리듬을 시에 담아낸 시인이다. 여러 인종의 피가 섞인 혼혈로서, 흑인의 정체성을 대변하는 시적 예언자처럼 흑인 시의 영역을 개척했다. 그의 시는 단순하면서 투명하고 소박하다. 일상어가 많은데 블루스, 비밥, 재즈 등이 녹아 있다. 특히 블루스는 그 어원이 푸른 악마들이란 뜻의 'Blue Devils'에서 왔다는 설이 있을 정도로 음울하면서도 영혼을 후벼 파는 호소력이 있다. 미국 남부의 아프리카인이 장례를 치를 때 청색 의복을 입고 자신들의 슬픔과 고통을 표현한 데서 유래한다.

그는 「니그로(Negro)」라는 시에서 "나는 가수였습니다./ 아프리카에서 조지아로 오는 모든 길에/ 나는 슬픈 노래를 끌고 다녔다./ 나는 느린 가락의 재즈를 만들었다.// 나는 희생자였습니다./ 벨기에 사람들이 콩고강에서 내 손목을 잘랐다./ 그들은 여전히 미시시피강에서 내게 폭력을 가했다"라고 흑인의 고통을 표현한다. 하지만 「나, 역시(I, Too)」란 시에서 "그들은 내가 얼마나 아름다운지 보게 될 것입니다./ 그리고 그들은 부끄러울 것입니다─// 나, 역시, 미국입니다"라고 단호하게 주장한다. 흑인 영가를 풍성하게 시 속에 흡수하여 흑인 저항운동과 미학을 전개시킨 그의 시를 읽으며 이난영의 〈목포의 눈물〉을 듣는다.

니그로

나는 흑인입니다.
　어둔 밤처럼 검고,
　아프리카의 깊은 곳처럼 검습니다.

나는 노예였습니다.
　시저는 문간을 깨끗하게 유지하라고 말했다.
　나는 워싱턴의 장화를 닦았다.

나는 노동자였습니다.
　내 손 아래로 피라미드가 떠올랐다.
　울워스 빌딩을 위해 모르타르를 만들었다.

나는 가수였습니다.
　아프리카에서 조지아로 오는 모든 길에
　나는 슬픈 노래를 끌고 다녔다.
　나는 느린 가락의 재즈를 만들었다.

나는 희생자였습니다.
　벨기에 사람들이 콩고강에서 내 손목을 잘랐다.

그들은 여전히 미시시피 강에서 내게 폭력을 가했다.

......

Negro

I am a Negro:
  Black as the night is black,
  Black like the depths of my Africa.

I've been a slave:
  Caesar told me to keep his door—steps clean.
  I brushed the boots of Washington.

I've been a worker:
  Under my hand the pyramids arose.
  I made mortar for the Woolworth Building.

I've been a singer:
  All the way from Africa to Georgia
  I carried my sorrow songs.
  I made ragtime.

I've been a victim:
  The Belgians cut off my hands in the Congo.

They lynch me still in Mississippi.

......

나, 역시

나, 역시, 미국을 노래한다.

나는 피부가 더 검은 형제입니다.
친구가 오면
그들은 나를 부엌에서 먹으라고 보냅니다,
하지만 나는 웃는다,
그리고 잘 먹고,
그리고 강하게 자랍니다.

내일,
친구가 오면
나는 식탁에 앉을 것입니다.
아무도 감히 내게
"부엌에서 먹어"라고
말할 수 없습니다.
그다음에는.

덧붙여,
그들은 내가 얼마나 아름다운지 보게 될 것입니다.

그리고 그들은 부끄러울 것입니다—

......

I, Too

I, too, sing America.

I am the darker brother.
They send me to eat in the kitchen
When company comes,
But I laugh,
And eat well,
And grow strong.

Tomorrow,
I'll be at the table
When company comes.
Nobody'll dare
Say to me,
"Eat in the kitchen,"
Then.

Besides,
They'll see how beautiful I am

And be ashamed—

......

랭스턴 휴즈(Langston Hughes, 1902~1967)

휴즈는 미국의 흑인 시인, 소설가, 극작가이며, 흑인 민중예술을 대표하는 소울(Soul)의 리듬이 담긴 시를 미국 문학에 도입했다. 그는 1920년대 흑인들의 문화 운동이었던 할렘 르네상스에 크게 기여했으며 인종차별에 저항하는 시를 많이 썼다. 휴즈는 흑인 영가에서 찾은 '소울'을 블루스와 재즈의 음률에 담아낸 '재즈 시'로 유명하다. '할렘의 셰익스피어'라고 불릴 정도로 소설, 극본, 에세이, 전기, 평론, 역사책, 오페라까지 거의 모든 분야의 글을 썼다. 그는 흑인 문학 선집을 출간하고, 흑인을 위한 극장을 세웠고, 미국 전역에서 시 낭송회를 열어 흑인 문학을 적극적으로 전파했다. 그는 첫 시집인 『지루한 블루스(*The Weary Blues*)』(1926)는 편견과 차별을 의연하게 참고 견디면 언젠가는 꿈을 이루는 날이 올 것이라는 확신을 담고 있다.

민주주의와 풀잎의 노래:
월트 휘트먼

〜

　오월의 신록이 햇살 아래 싱그럽다. 초록으로 물든 나무들은 흰 꽃을 피운다. 은은한 보랏빛 라일락을 보면 미국 시인 월트 휘트먼(Walt Whitman)이 링컨 대통령의 죽음을 애도하며 쓴 시가 생각난다. 민주주의는 젊은 청춘의 피를 먹고 자란다는 말처럼, 세계 곳곳에 그들의 희생이 스며 있다. 아직도 전쟁 중인 우크라이나에서 조국을 위해 싸우는 병사들의 피가 대지를 적시고 있다. 잘 알지도 못한 채 전쟁터로 호출된 러시아 병사의 슬픈 시체도 밀밭에 버려져 있다. 내년 봄에는 우크라이나 들판에 노란 해바라기가 다시 피어날 것이다.

　2022년 5월 8일, 한국 민주화 운동의 상징이었던 김지하 시인이 타계했다. 1980년대 최루탄 냄새가 찌든 대학가에 울려 퍼지던 노래 중에서 〈타는 목마름으로〉는 참으로 애절했다. 박정희 유신정권하에서 사형선고까지 받았던 그가 독방에 갇혀 쓴 시여서 더 간절한 느낌이 들었다. 1975년 민주주의에 목말랐던 대학생과 지식인들 사이에 큰 반향을 불러일으킨 시이다. '숨죽여 흐느끼며/ 네 이름을 남몰래 쓴다./ 타는 목마름으로/ 타는 목마름으로/ 민주주의여 만세'라는 가사는 늘 귓전을 맴돌았다. 그가 정치범으로 내몰려 독방에 오랫동안 감금되었던 걸 생각하면 가슴이 저려 왔다.

『오적(五賊)』을 비롯한 여러 시집에서 저항적 민중시의 큰 획을 그은 시인이 지상을 떠났다는 소식이 안타까웠다. 후기에 그는 저항시보다는 불교, 샤머니즘, 동학 등이 융합된 생명사상을 주창하기도 했다. 말년에 그가 박근혜 전 대통령을 용서하고 화해했다는 기사가 나왔을 때, 진보주의 측에서 그가 변절했다는 비난도 있었다. 한편 김지하의 내면에 쌓인 분노를 가라앉히고 병을 치료해 준 김남수 선생과의 일화도 흥미롭다. 정식적인 의학 교육을 받지 않았지만 침뜸의 대가였던 그가 단순히 김지하의 몸만 치료하지 않고 마음까지 돌본 것은 주목할 만했다. 시대의 모순과 불의에 대해 온몸으로 저항하고 부딪친 불꽃 같은 영혼이었지만 인간적인 결함도 있었을 것이다. 나약하고 안쓰러워 돌보아 주고픈 한 남자였다는 아내 김영주의 고백은 감동이었다.

그의 시 「타는 목마름으로」와 김남주의 시 「조국은 하나다」가 프랑스의 초현실주의 시인인 폴 엘뤼아르(Paul Éluard)의 시 「자유(Liberté)」의 영향을 받았다는 주장도 있다. 주제적인 측면에서 '자유'와 '민주주의'를 갈구하는 심경을 표현했고, "나는 쓰노라 네 이름을"이라는 시구의 반복이 닮은 점이 있다. 그렇지만 시의 전체적인 분위기와 어조는 차이가 많이 난다. 제2차 세계대전 때 레지스탕스 운동에 가담했던 엘뤼아르의 시보다 김지하의 시는 더 강렬한 에너지와 절규를 담고 있다. 자유와 민주주의를 갈망하는 시인의 열망은 독특한 시대 상황과 부응하며 조금씩 다른 빛깔로 표현된다.

　미국에서는 19세기의 월트 휘트먼이 대표적인 경우이다. 그는 『풀잎(*Leaves of Grass*)』이란 시집을 1855년에 출간한 이후 계속해서 수정과 보완을 거듭한다. 그가 첫 시집을 발표했을 당시에 유럽과 미국의 기성 문인들은 '쓰레기통에 던져도 될 시집'이라는 혹평을 쏟아 내기도 했다. 초기에는 시의 형식이 파괴되고 금기시되는 내용들도 수록되어 저항이 만만치 않았다. 그런데 세월이 흐를수록 휘트먼의 시는 미국 시단에서 굳건한 정전의 자리를 고수하고 있다. 특히 미국의 민주주의가 기틀을 다질 시기에 정신적 토대가 되어 주고 사유의 확장을 꾀한 측면에서 압도적이다. 솔직히 그의 시적 운율이 아주 아름답거나 우아한 품격이 있지는 않다.

　휘트먼 역시 「너를 위하여, 아! 민주주의여(For You, O Democracy)」에서 민주주의를 사랑하는 여성처럼 섬겨야 한다고 다음과 같이 노래한다. "나는 서로의 목을 팔로 껴안고 헤어지지 않는 도시들을 세우리라./ 동지의 사랑으로,/ 동지의 남성적인 사랑으로// 아, 민주주의여, 나의 여인이여! 너를 섬기기 위하여, 이것들을 바친다./ 너를 위해, 나는 이 노래를 떨리는 목소리로 노래하네." 그는 링컨 대통령의 노예해방 운동을 지지했고 민주주의 국가의 이상을 활기찬 어조로 표현했다. 모든 사람이 평등하게 자유를 누려야 한다는 것을 파도의 푸른 물결처럼 끊임없이 읊조린다. 그는 일부 시편에서는 동성애적인 묘사도 서슴없이 표현할 정도로 개방적이고 거침없는 예언자였다.

우크라이나 전쟁을 겪는 시민들은 자유를 지키기 위해 목숨을 걸고 있다. 민주주의는 피의 나무처럼 성장함을 새삼 느낀다. 한국에 김지하 같은 열정적인 시인이 있음에 자부심을 갖는다. 시가 현실에서 큰 힘이 없지만 정신에 각인하는 위력은 분명히 존재한다. 자유가 억압받는 국가에서 시민들이 용기 있게 깨어나도록 선도할 예언가 시인들이 출현하기를 희망한다. 자유는 피만큼 뜨겁고 소중하기 때문이다.

너를 위하여, 아! 민주주의여

오라, 나는 무너지지 않는 대륙을 만들리라.
나는 지금까지 태양이 비춘 것 가운데 가장 우수한 민족을
만들리라.
나는 신성하고 매력적인 땅을 만들리라.
　　　동지의 사랑으로,
　　　　평생 변치 않는 동지의 사랑으로.

나는 미국의 모든 강을 따라, 거대한 호숫가를 따라, 대초원
너머로
빽빽한 나무들처럼 우정을 심으리라
나는 서로의 목을 팔로 껴안고 헤어지지 않는 도시들을 세우
리라.
　　　동지의 사랑으로,
　　　　동지의 남성적인 사랑으로

아, 민주주의여, 나의 여인이여! 너를 섬기기 위하여, 이것들
을 바친다.
너를 위해, 나는 이 노래를 떨리는 목소리로 노래하네.

For You, O Democracy

Come, I will make the continent indissoluble,
I will make the most splendid race the sun ever shone
upon,
I will make divine magnetic lands,
    With the love of comrades,
      With the life—long love of comrades.

I will plant companionship thick as trees along all the
rivers of America, and along the shores of the great lakes,
and all over the prairies,
I will make inseparable cities with their arms about each
other's necks,
    By the love of comrades,
      By the manly love of comrades.

For you these from me, O Democracy, to serve you ma
femme!
For you, for you I am trilling these songs.

월트 휘트먼(Walt Whitman, 1819~1892)

∽

 휘트먼은 1819년에 미국 롱아일랜드 주의 헌팅턴에서 8남매의 둘째 아들로 태어났고, 아버지는 영국계이고 어머니는 네덜란드 출신이다. 1832년에 초등학교를 퇴학한 이후로 정규 교육 과정을 받지 않았다. 변호사 사무실의 급사, 신문 식자공 등의 일을 하다가 1840년에 뉴욕의 한 신문사에 입사해 기자로 일했다. 1855년에 『풀잎(Leaves of Grass)』이란 제목으로 12편의 시를 수록한 시집을 발간했다. 이 시집의 대표시가 「나 자신의 노래(Song of Myself)」이며, 52부로 된 장시로 각각의 시편은 독립된 시로 볼 수 있다. 그 이후 수정과 증보를 통해 개정판을 계속 발간했다. 1882년에 보스턴 검찰청에서 『풀잎』을 외설적이라는 이유로 판매 금지 처분을 내리기도 했지만, 휘트먼은 미국인이 가장 사랑하는 시인 중 한 명이 되었다. 말년에 중풍으로 투병을 하다가 1892년 3월 26일 캠든(Camden)에서 세상을 떠났다.

이미지 정치의 한계와 모성적 정치:
앤 카슨

∽

가을이 깊어 간다. 산속에서는 햇빛이 잘 드는 곳의 잎사귀가 먼저 말라 떨어진다. 계곡 근처에 있는 음지의 나무들이 더 선명한 색깔로 단풍이 든다. 아름답게 물들기 위해서는 찬란한 양지보다 그늘이 더 좋은 조건이다. 사람도 실패하거나 좌절한 경험을 솔직하게 토로하는 모습에서 인간미를 느끼곤 한다. 2022년 대통령 선거의 후보자에는 서울대 출신 혹은 검사와 변호사의 경력을 가진 사람이 많다. 국민들의 리더를 선출하는 기준이 한쪽으로 편중된 것 같아 우려스러운 측면이 있다.

저녁을 먹고 소파에 앉아 야당 후보들이 나와 TV 토론을 하는 것을 본다. 여당에서는 이재명 후보가 먼저 선출되었지만 전 국민이 시청할 수 있는 활기찬 TV 토론 과정이 없어 아쉬웠다. 이미지 정치는 1960년 제35대 미국 대통령 선거에서 케네디와 닉슨이 TV와 라디오 토론을 한 것에서 유래한다. 라디오 방송에서는 닉슨의 지지율이 더 높게 나왔지만, TV 토론에서 케네디의 지지율이 높아 승리의 요인이 된다. 케네디는 미남인데다 파란 재킷의 세련된 옷차림으로 '강한 미국에 대한 새로운 비전'을 자신감 있게 피력한 점이 주효했다.

미국의 정치를 동경하는 것은 아니지만 한 가지 부러운 것이 있다. 미국에서 정치인의 기본 자질로 꼽는 것 중의 하나가 '유머'이다. 공화당의 레이건 대통령은 자신의 나이가 많은 것에 대해 상대로부터 신랄한 공격을 받았을 때, 부드러운 유머로 응수하는 매력이 있었다. 정치적 관점의 차이나 비전에 대해 비판하거나 공격하더라도 그사이에 빛나는 한칼이 있어야 한다. 상대편을 사지로 몰아넣으려는 과도한 공격성보다는 원만히 수용하면서 이끌어 갈 수 있는 혜안을 가진 지도자를 국민은 갈망한다.

사실, 시민들의 정치의식 수준이 높아 그에 부응하는 후보자를 만나기 쉽지 않다. 유능한 젊은 정치인의 진출을 쉽게 허용하지 않는 구조 탓이다. 이미지 정치에 능수능란한 정치인은 법을 자신에게 유리한 쪽으로 이용하거나, 자신의 실책을 교묘하게 포장하고 은폐시킬 수 있다. 언론에 재갈을 물리는 방식이나 표현의 자유를 억압하는 전략은 사라져야 한다. 이미지 정치의 한계를 넘어서는 새로운 정치 문화가 필요하다. 독일의 앙겔라 메르켈 총리처럼 한국에도 부드러운 모성으로 국민을 섬세하게 돌보는 정치인이 선출되기를 희망한다.

대선 후보들의 TV 토론을 지켜보니 다소 지루한 느낌이 든다. 예컨대 남북통일 문제와 관련해서라면, 보다 참신한 정치적 비전은 없는 걸까? 보통 시민들도 유추할 수 있는 정도의 논의만 오가는 것 같다. 상대에 대한 흠집 내기 말고는 첨단 미래 사회를 주도할 새로운 가치 창출이나 생존 전략이 보이지 않는다. 그러다 캐나다 여성 시인인 앤 카슨(Anne Carson)의 시집을 읽는다.

그녀는 고전문학을 전공했는데 시·소설·평론의 경계를 허무는 아주 독특한 글쓰기를 실행한다. 고대 그리스의 문학과 포스트모던한 글쓰기가 서로 교차하면서 탈주를 한다. 사실 한국 문단이나 학계에서는 선 긋기를 하거나 경계를 지키는 경향이 강하다. 문학 연구에서 시·소설·희곡·비평처럼 장르별로 전공이 나뉘어 있다. 시인은 주로 시를 쓰고 소설가는 소설에 매진하고 그러한 행태를 더 인정해 주는 분위기이다. 영어권과 다른 나라에서는 그 경계가 훨씬 느슨하고 자유로운 경향이 있다.

앤 카슨의 시집 『유리, 아이러니 그리고 신(Glass, Irony & God)』에 수록된 「영웅(Hero)」은 치매를 앓는 아버지를 면회하는 장면을 소설적 화법으로 다음과 같이 진술한다. "겨울의 어느 일요일 밤이었다./ 나는 그의 문장이 두려움으로 가득 차오르는 소리를 들었다./ 그는 한 문장을 시작했다—날씨에 대해, 그러다 도중에 길을 잃고, 또 다른 문장을 시작했다./ 허둥대는 그의 목소리를 듣고 있자니 몹시 화가 났다—"흰

칠한 키에 비행 병사로 활동했던 옛 모습은 온데간데없고 요양병원에서 쇠락해 가는 아버지의 모습이다. 치매 환자 가족의 슬픔과 곤란한 상황을 다룬 묘사는 아주 사실적이다. "나는 그의 앞니가 검게 변해 가고 있음을 알아차린다. / 나는 미친 사람들의 이를 어떻게 닦아 주는지 궁금하다." 그의 시는 늙어 가는 노인을 돌보는 사회적 안전장치와 시스템에 대한 사유를 유도한다.

　진주의 한 요양병원에 계신 엄마를 걱정하면서 영상통화를 했다. 엄마는 정신이 맑아서 어쩌면 더 불편할 수 있는 노년의 삶이다. 주말에는 면회가 안 된다니 갑갑하고 속상하다. 가정 내의 돌봄이 이미 한계에 처한 우리 사회에 정치권력의 섬세한 작동이 요청된다. 국민을 가족처럼 돌볼 수 있는 성정을 가진 지도자를 만나고 싶다. 가을 오후에 커피 한 잔을 마시는데 무심하게 구름이 지나간다.

영웅

......

자, 엄마 우리 갈까요?—나는 토스터 기계에서 빵을 들어올
리고
뜨거운 흑밀 빵 한 조각을 그녀의 접시에 담아 가볍게 건넨다
오늘 아빠 만나러 갈까요? 그녀는 적의를 품은 눈빛으로 부
엌 시계를 본다.

11시에 출발해서 4시까지는 집에 돌아올 수 있을까? 나는 계
속 말한다.
그녀는 토스트에 들쭉날쭉 버터를 바르고 있다.
침묵은 우리 사이에 동의를 뜻한다. 나는 택시를 부르려고
옆방으로 간다.

아버지는 여기서 50마일 정도 떨어진
장기 요양을 필요로 하는 환자들을 위한 병원에 산다.
그는 일종의 치매를 앓고 있다.

두 가지 종류의 병리적인 변화를 특징으로 하며

1907년 알로이스 알츠하이머에 의해 처음으로 기록되었다.
첫째, 대뇌피질에

주로 변성된 뇌세포로 이루어진
신경반이라는 반점이 나타나는 것.
두 번째, 대뇌피질과 해마에 나타나는

신경섬유매듭.
원인이나 치료법은 알려져 있지 않다.
엄마는 지난 오 년간 일주일에 한 번

택시를 타고 그를 방문한다.
결혼이 좋을 수도 있고 나쁠 수도 있는데, 그녀는 말한다.
이런 일은 안 좋은 것이다.

그래서 약 한 시간 후 우리는 택시를 타고
텅 빈 시골길을 쏜살같이 달려 시내로 향한다.
4월의 빛은 자명종처럼 선명하다.

우리가 지나갈 때 빛은 모든 사물이 각각 자신의 그림자를
지닌 채
이 공간에 존재한다는 것을 갑자기 일깨워준다.
나는 각각의 차이가 무디어지고 뭉개지는 병원 안으로

이 선명함을 가지고 갈 수 있기를 바란다.
아버지가 미치기 전에 내가 좀 더 친절했으면 좋았을 텐데.
이것이 나의 두 가지 소원.

치매의 초기 증상을 발견하기가 어렵다.
나는 십 년 전쯤 아빠와
전화로 대화를 나누었던 밤을 기억한다.

겨울의 어느 일요일 밤이었다.
나는 그의 문장이 두려움으로 가득 차오르는 소리를 들었다.
그는 한 문장을 시작했다―날씨에 대해, 그러다 도중에 길을
잃고, 또 다른 문장을 시작했다.
허둥대는 그의 목소리를 듣고 있자니 몹시 화가 났다―

큰 키의 자랑스러운 아빠, 제2차 세계대전 때 조종사를 하셨
는데!
그런 상황에서 나는 무자비했어요.
대화의 단서를 찾으려 몸부림치는 아빠를

나는 가만히 지켜보면서 가장자리에 서 있기만 했어요.
아무런 실마리도 주지 않았고,
그리고 아빠 자신이 누구와 이야기하는지 모른다는 깨달음이

내게 느린 눈사태처럼 몰려왔어요.
오늘은 훨씬 더 추운 것 같구나…
그의 목소리는 침묵으로 잦아들더니 끊겨 버렸다.

그 위로 내리는 눈.
흰 눈이 우리 둘을 덮는 동안 긴 침묵이 있었다.
내가 널 붙잡지는 않겠지만,

그는 육지라도 발견한 듯 갑자기 극도로 쾌활한 목소리로 말했다.
이제 저녁 인사를 해야지
통화료가 더 나오면 안 될 것 같다. 그럼 안녕.

안녕.
안녕. 누구신가요?
나는 전화기 발신음에 대고 말했다.

병원에서 우리는 긴 분홍색 복도를 지나
큰 창문이 있는 문에 있는 다이얼 자물쇠의
비밀번호(5—23—3)를 눌러 통과해

장기 요양 환자들이 있는 서쪽 병동으로 간다.

각 병동에는 이름이 있다.
장기 병동은 우리의 황금빛 거리(Our Golden Mile)이다.

어머니는 그 병동을 마지막 한 바퀴(The Last Lap)라고 부르기
를 선호하지만.
다른 묶여 있는 사람들이 저마다의 각도로 몸을 기울이는 방
에서
아버지는 벽에 묶인 의자에 끈으로 묶인 채 앉아 있다

아버지의 몸이 가장 덜 기울었고, 나는 그가 자랑스럽다.
안녕 아빠, 잘 지내셨어요?
그의 얼굴은 소리를 내며 벌어지고 활짝 웃거나 분노일 수
있는데

그의 시선이 나를 지나치더니, 그는 허공에 격렬한 말을 계속
내뱉는다.
엄마가 그의 손에 그녀의 손을 포갠다.
안녕 여보, 그녀는 말한다. 그가 손을 휙 뺀다. 우리는 앉는다.

햇빛이 방 안으로 쏟아져 들어온다.
어머니는 그를 위해 가져온 것들을 핸드백에서 꺼내기 시작
한다.
포도, 애로루트 비스킷, 박하사탕.

그는 우리 사이의 허공에 있는 누군가에게 격렬한 말을 퍼붓
고 있다.
그 자신만이 아는 언어,
으르렁거리는 소리와 음절들을 발음하다가 갑자기 거칠게
항의한다.

이따금 오래된 상투적인 문구가 너울거리는 말 위로 떠오
른다.
너는 말을 하지 않네! 혹은 생일 축하합니다!—
하지만 삼 년 이전부터 지금 이 순간까지

문장다운 문장을 말한 적이 없다.
나는 그의 앞니가 검게 변해 가고 있음을 알아차린다.
나는 미친 사람들의 이를 어떻게 닦아 주는지 궁금하다.

그는 늘 치아를 잘 관리했었다. 엄마가 고개를 든다.
그녀와 나는 종종 한 가지 생각을 절반씩 나누어 한다.
내가 런던에 있던 여름에 해로드 백화점에서 사서 아버지께
보냈던

도금 이쑤시개 기억나니? 그녀가 묻는다.
예, 그것이 어디에 있는지 궁금해요.

분명히 화장실 어딘가에 있을 거야.

그녀는 그에게 포도를 한 알씩 준다.
포도알들이 그의 크고 뻣뻣한 손가락 사이로 굴러떨어진다.
그는 키가 6피트가 넘고 힘도 쎈 덩치 큰 남자였지만,

병원에 온 이후로 그의 몸은 그저 뼈만 남은 집으로 줄어버렸다ᅳ
양손만 빼고, 손은 계속 자란다.
손 하나가 반 고흐 그림 속의 부츠만큼 커졌다.

손은 그의 무릎에 놓인 포도알을 집으려 육중하게 움직인다.
하지만 이제 그는 다급한 말투로 내 쪽으로 돌아서더니
고음과 함께 입을 닫는다ᅳ내 얼굴을 응시하며

그는 기다린다. 저 어리둥절해하는 표정.
비스듬히 기운 한쪽 눈썹.
집에 있는 냉장고에 사진 한 장을 테이프로 붙였다.

사진에는 비행기 앞에서 포즈를 잡은 그의 2차 세계대전 시
절의 승무원이 있다.
양손은 등 뒤로 단단히 붙이고, 두 다리는 넓게 벌린 채,
턱은 앞으로 내밀고 있다.

폭이 넓은 가죽 끈으로 가랑이 사이를 바짝 조인 채
자신감 넘치는 비행복 차림이다.
그들은 눈을 찡그린 채 1942년 겨울의 찬란한 태양을 쳐다
본다.

새벽이다.
그들은 프랑스로 가려고 도버 해협을 떠나고 있다. 도버를
떠납니다.
맨 왼쪽에 있는 항공병들 가운데 가장 키가 크고,

옷깃을 세운 채,
한쪽 눈썹은 비스듬히 기울어 있다.
그림자 없는 빛이 그를 불사신처럼 보이게 하고,

온 세상을 위해 다시는 울지 않을 사람처럼 보인다.
그는 여전히 내 얼굴을 쳐다보고 있다.
플랩을 아래로 내리시오! 나는 운다.
그의 검은 미소가 한 번 확 타오르더니 성냥처럼 꺼져버린다.

Hero

......

So Ma, we'll go—I pop up the toaster
and toss a hot slice of pumpernickel lightly across onto
her plate—
visit Dad today? She eyes the kitchen clock with hostility.

Leave at eleven, home again by four? I continue.
She is buttering her toast with jagged strokes.
Silence is assent in our code. I go into the next room to
phone the taxi.

My father lives in a hospital for patients who need
chronic care
about 50 miles from here.
He suffers from a kind of dementia

characterized by two sorts of pathological change
first recorded in 1907 by Alois Alzheimer.

First, the presence in cerebral tissue

of a spherical formation known as neuritic plaque,
consisting mainly of degenerating brain cells.
Second, neurofibrillary snarlings

in the cerebral cortex and in the hippocampus.
There is no known cause or cure.
Mother visits him by taxi once a week

for the last five years.
Marriage is for better or for worse, she says,
this is the worse.

So about an hour later we are in the taxi
shooting along empty country roads towards town.
The April light is clear as an alarm.

As we pass them it gives a sudden sense of every object
existing in space on its own shadow.
I wish I could carry this clarity with me

into the hospital where distinctions tend to flatten and

coalesce.

I wish I had been nicer to him before he got crazy.

These are my two wishes.

It is hard to find the beginning of dementia.

I remember a night about ten years ago

when I was talking to him on the telephone.

It was a Sunday night in winter.

I heard his sentences filling up with fear.

He would start a sentence—about weather, lose his way,

start another.

It made me furious to hear him floundering—

my tall proud father, former World War II navigator!

It made me merciless.

I stood on the edge of the conversation,

watching him thrash about for cues,

offering none,

and it came to me like a slow avalanche

that he had no idea who he was talking to.

Much colder today I guess....

his voice pressed into the silence and broke off,

snow falling on it.

There was a long pause while snow covered us both.

Well I won't keep you,

he said with sudden desperate cheer as if sighting land.

I'll say goodnight now,

I won't run up your bill. Goodbye.

Goodbye.

Goodbye. Who are you?

I said into the dial tone.

At the hospital we pass down long pink halls

through a door with a big window

and a combination lock (5—25—3)

to the west wing, for chronic care patients.

Each wing has a name.

The chronic wing is Our Golden Mile

although mother prefers to call it The Last Lap.

Father sits strapped in a chair which is tied to the wall

in a room of other tied people tilting at various angles.

My father tilts least, I am proud of him.

Hi Dad how y'doing?

His face cracks open it could be a grin or rage

and looking past me he issues a stream of vehemence at

the air.

My mother lays her hand on his.

Hello love, she says. He jerks his hand away. We sit.

Sunlight flocks through the room.

Mother begins to unpack from her handbag the things

    she has brought for him,

grapes, arrowroot biscuits, humbugs.

He is addressing strenuous remarks to someone in the

air between us.

He uses a language known only to himself,

made of snarls and syllables and sudden wild appeals.

Once in a while some old formula floats up through the
wash—
You don't say! or Happy birthday to you!—
but no real sentence

for more than three years now.
I notice his front teeth are getting black.
I wonder how you clean the teeth of mad people.

He always took good care of his teeth. My mother looks
up.
She and I often think two halves of one thought.
Do you remember that gold—plated toothpick

you sent him from Harrod's the summer you were in
London? she asks.
Yes I wonder what happened to it.
Must be in the bathroom somewhere.

She is giving him grapes one by one.
They keep rolling out of his huge stiff fingers.
He used to be a big man, over six feet tall and strong,

but since he came to hospital his body has shrunk to the
    merest bone house—
except the hands. The hands keep growing.
Each one now as big as a boot in Van Gogh,

they go lumbering after the grapes in his lap.
But now he turns to me with a rush of urgent syllables
that break off on a high note—he waits,

staring into my face. That quizzical look.
One eyebrow at an angle.
I have a photograph taped to my fridge at home.

It shows his World War II air crew posing in front of the
plane.
Hands firmly behind backs, legs wide apart,
chins forward.

Dressed in the puffed flying suits
with a wide leather strap pulled tight through the crotch.
They squint into the brilliant winter sun of 1942.

It is dawn.

They are leaving Dover for France.

My father on the far left is the tallest airman,

with his collar up,

one eyebrow at an angle.

The shadowless light makes him look immortal,

for all the world like someone who will not weep again.

He is still staring into my face.

Flaps down! I cry.

His black grin flares once and goes out like a match.

앤 카슨(Anne Carson, 1950~)

카슨은 캐나다 온타리오주 토론토에서 태어났으며, 시인, 에세이스트, 번역가이자 고전학자이다. 그녀는 시, 소설, 고전 번역, 비평 등의 다양한 작업을 통해 냉철한 비평 의식이 결합된 독특한 글쓰기를 추구한다. 그래서 그 어떤 형식에도 얽매이지 않는 자유로운 글쓰기로 그녀만의 문학 영역을 개척한다. 그녀의 첫 저서는 박사 논문을 다듬은 에세이 『달콤 씁쓸한 에로스(*Eros the Bittersweet: An Essay*)』(1986)이다. 『짧은 이야기들(*Short Talks*)』(1992)과 시집 『유리, 아이러니 그리고 신(*Glass, Irony & God*)』(1995)은 그가 시인으로서 내디딘 첫걸음이자 그녀의 입지를 다진 계기가 되었다. 그리고 시소설로 불리는 『빨강의 자서전(*Autobiography of Red*)』(1998), 『남편의 아름다움: 스물아홉 번의 탱고로 쓴 허구의 에세이(*The Beauty of the Husband*)』(2001), 『레드 닥(*Red Doc*)』(2013) 등이 있다. 『유리, 아이러니 그리고 신』은 A. M. 클라인상과 그리핀 시문학상 등을 받았으며, 그녀는 T. S. 엘리엇 상을 받은 최초의 여성이다. 고전 연구와 함께 혁신적인 시와 소설을 통해 문학의 지평을 확장하고 있다.

3부

Wild Geese

Petition from the Koreans of Hawaii to President Roosevelt

Translating Mo'um

Commander Lowell

Apology

Sequelae

Witchgrass

One Art

The Shampoo

기러기처럼 날아가는 여행¦
메리 올리버

∽

벚꽃이 하롱하롱 떨어지는 송정 가로수 길을 걸었다. 비가 오지 않아 도롯가에 눈처럼 쌓인 꽃잎을 머리에 흩뿌리며 웃었다. 해마다 찾아오는 봄이지만 새삼 경이로웠다. 길 양쪽에서 서로를 향해 가지를 뻗은 벚꽃 터널 아래서 아이처럼 사람들이 웃었다. 새까맣고 거친 나무둥치에서 어찌 저리 여린 꽃잎이 피어날까. 가장 무거운 것과 가장 가벼운 것이 공존하는 것은 삶의 신비이다.

고유한 전통을 간직한 한국 정원이 보고 싶어 담양으로 여행을 떠났다. 소쇄원과 명옥헌에는 자연과 어우러지는 소박한 아름다움이 배어 있다. 백제 문화권에 속하는 전라도 지역을 방문하면 경상도와는 다른 우아한 품격이 건축물에 스며 있음을 발견하게 된다. 순창 용궐산 전망대에 최근에 세운 정자는 기품이 있었다. 지방 소도시여서 세수가 적을 텐데 관광 유적지를 정성 들여 조성한 감각이 돋보였다. 문득 금정산 둘레길에서 잠시 쉬었던 쉼터와 비교되었다. 비가 왔을 때 갔더니 처마가 너무 짧아 마룻바닥이 다 젖어 있었다. 작은 건축물이지만 부산의 특색이나 고유한 멋을 살리면 더 좋을 것 같다.

담양 죽녹원으로 들어가니 잘 가꾼 대나무 숲길이 정겨웠다. 가족 단위의 여행객이 전국에서 오는 듯했다. 긴 대나무 숲을 따라 한국가사문학관까지 걸어갔다. 주변 풍경과 어우러지게 정자와 한옥 건물을 배치해 편안한 휴식을 선사했다. 특히 가사문학의 진수를 담은 작품을 커다란 돌에 새긴 글씨도 예술성이 살아 있었다. 한시를 세련된 서체로 새긴 것을 보고 감탄했다. 한편 어느 도로에서 보았던 '바르게 살자'라고 쓴 커다란 돌비석이 떠올라 씁쓸했다. 아름다운 시의 한 구절을 쓰는 게 더 낫지 않았을까.

가사문학을 소개하는 산책길에는 송강 정철의 가사인 「성산별곡」도 있었다. 그가 영의정으로 재직할 시절 조선은 혼란스러웠고 그때 정여립의 난이 일어났다. 정철이 선조의 매서운 칼잡이 역할을 한 정치가로서 가담했던 '기축옥사' 얘기를 들으니 당혹스러웠다. 기축옥사로 1,000여 명의 사람들이 처형되거나 옥사를 당했다고 한다. 예술가의 삶과 글이 늘 일치할 수 없지만 마음 한구석이 불편했다. 그래도 그의 가사를 기리는 문화는 담양에 남아 있었다.

미국에서 도시 문화가 팽배한 가운데 매사추세츠주 동부 해안가의 아름다운 프로빈스타운에 정착해 자연을 찬미하는 시를 쓴 메리 올리버(Mary Oliver)는 대중에게 인기가 있었다.

한때 미국 시단에서는 고백파 시의 여파로 개인의 상처와 고뇌를 시적으로 과감하게 표현하는 경향이 우세했지만 그녀는 서정시를 주로 썼다. 그녀의 시를 읽으니 한국의 서정시와 유사한 듯해서 놀라웠다. 올리버는 40년 넘게 프로빈스타운에서 숲을 거닐거나 바닷가를 산책하며 만난 동물과 식물을 섬세하게 묘사한다. 그러면서 삶의 환희와 경이를 독자에게 전달한다. 정치적 시각이나 비판적 사유보다는 자연에서 느끼는 평화와 위로를 감각적으로 표현한다.

그녀의 시 「기러기(Wild Geese)」는 V자로 대형을 이루어 남쪽으로 떠나는 기러기 무리의 비행을 표현하고 있다. 이 시는 언어가 쉬우면서도 삶의 무게를 가볍게 해 주는 소망을 담고 있다. 집을 떠나 기숙사 생활을 시작하는 미국 학생들이 가장 애송하는 시이다. 시의 앞부분에서 "당신은 착해지지 않아도 돼요./ 당신은 사막을 건너 백 마일을 후회하며/ 무릎으로 기어다니지 않아도 돼요./ 당신은 그대 몸속의 부드러운 동물이/ 사랑하는 것을 그냥 사랑하게 허용하면 되지요./ 절망을 내게 말해 봐요, 너의 절망을, 그러면 나의 절망을 말해 줄게요."라고 시작하면서 독자에게 대화를 건넨다. 타자에게 자신의 속내를 털어놓을 수 없는 현대인의 답답한 심정을 녹여 준다. 사회적 윤리와 의무 혹은 경쟁에 내몰린 현대인에게 일종의 해방구를 제시한다. 먼 곳으로 훨훨 날아오르는 기러기의 날갯짓을 격려하면서 안도감을 제공한다.

올리버는 시에 사생활을 적나라하게 드러내지 않고 자연

의 사물들을 통해 감성을 전달하는 시인이다. 그녀는 어릴 적 성적 학대를 당했음을 노후에 고백했고 여성 사진작가인 몰리 쿡과 오랜 세월을 동반자로 살았다. 이성의 배우자와 결혼했던 여성 시인 실비아 플라스나 앤 섹스턴은 자살로 삶을 마감했지만 그녀는 내면이 평화로웠던 것 같다. "당신이 누구든, 아무리 외로워도,/ 세상은 당신이 상상하는 것에 그 자체를 제공하지요,/ 기러기처럼 강렬하게 흥분된 소리로 당신을 불러요―/ 계속해서 당신의 장소를 알려주지요/ 사물들의 가족 안에서." 외롭고 지친 세상의 모든 여행자들에게 그녀는 위로의 마음을 전한다.

기러기

당신은 착해지지 않아도 돼요.
당신은 사막을 건너 백 마일을 후회하며
무릎으로 기어다니지 않아도 돼요.
당신은 그대 몸속의 부드러운 동물이
사랑하는 것을 그냥 사랑하게 허용하면 되지요.
절망을 내게 말해 봐요, 너의 절망을, 그러면 나의 절망을 말
해 줄게요.
그러는 동안 세계는 굴러가지요
......
그러는 동안 기러기들은 높고 푸른 하늘로 날아
집으로 다시 날아갈 거예요.
당신이 누구든, 아무리 외로워도,
세상은 당신이 상상하는 것에 그 자체를 제공하지요,
기러기처럼 강렬하게 흥분된 소리로 당신을 불러요—
계속해서 당신의 장소를 알려주지요
사물들의 가족 안에서.

Wild Geese

You do not have to be good.
You do not have to walk on your knees
for a hundred miles through the desert, repenting.
You only have to let the soft animal of your body
love what it loves.
Tell me about despair, yours, and I will tell you mine.
Meanwhile the world goes on.
......
Meanwhile the wild geese, high in the clean blue air,
are heading home again.
Whoever you are, no matter how lonely,
the world offers itself to your imagination,
calls to you like the wild geese, harsh and exciting–
over and over announcing your place
in the family of things.

메리 제인 올리버(Mary Jane Oliver, 1935~2019)

∽

 올리버는 클리블랜드 교외인 메이플 하이츠에서 태어났다. 그녀의 아버지는 클리블랜드 공립학교의 사회 교사이자 운동 코치였다. 그녀는 14세 때부터 시를 썼으며, 2011년 마리아 슈라이버와의 인터뷰에서 아버지로부터 성적인 학대를 당했고 반복되는 악몽을 겪었다고 밝혔다. 그런 그녀에게 자연과 독서와 글쓰기는 치유와 해방감을 선사했다. 28세에 첫 시집인『항해하지 않고, 다른 시편들(No Voyage, and Other Poems)』(1963)을 출간한 이후 여러 권의 시집과 산문집을 통해 미국인들의 사랑을 많이 받았다.『미국의 원시(American Primitive)』(1984)로 퓰리처상을 받았고,『시선집(New and Selected Poems)』(1992)으로 전미도서상을 수상했다. 그녀는 야생의 자연 속에서 산책하면서 메모를 했고 그것을 시로 형상화했다. 사회적 비판이나 담론보다는 자연의 경이와 신비로움을 그녀만의 따스한 서정시로 표현했다.

『딕테』와 죽음의 서사:
차학경

～

  '가을'이라는 말을 입 밖으로 발화한다. 이 계절에 어울리는 이 어휘를 누가 명명했을까? 무심코 사용하는 일상어가 기묘하게 들어맞을 때 경이롭다. 봄은 생동하는 감각이 담겨 있고, 여름은 햇살 아래에서 느릿느릿 익어 가는 무언가가 느껴진다. 아침저녁으로 제법 쌀쌀해진 날씨와 몸의 느낌이 가을이라는 말에 스며 있다. 차학경의 『딕테(Dictee)』를 읽으면 모국어의 아름다움과 숭고함을 새삼 느끼게 된다.

  차학경은 1951년에 부산에서 출생한 예술가이다. 1961년에 가족과 함께 하와이로, 1964년에 샌프란시스코로, 그 이후에 뉴욕으로 이주했다. 그녀의 부모는 일제강점기에 디아스포라의 삶을 살아야만 했다. 그녀는 UC 버클리대학에서 비교문학과 시각 예술로 학사 학위 두 개와 석사 학위 두 개를 취득했다. 다양한 예술 분야에서 전위적인 실험 정신을 보여 주었는데, 안타깝게도 1982년 11월 5일 뉴욕에서 이탈리아계 미국인 조지프 산자에 의해 살해되었다.

살인자는 차학경의 남편이 근무하는 빌딩의 경비원이었으며 그 이전에도 이미 9건의 성폭행으로 지명 수배된 연쇄 강간범이었다. 한국계 미국 작가 캐시 박 홍의 에세이집 『마이너 필링스(*Miner Feelings*)』에 의하면, 산자는 빌딩 지하 2층에서 그녀를 강간하고 곤봉으로 구타한 뒤 목을 졸라 살해했다고 한다.

차학경의 죽음 이후로 그녀의 사인에 대해서는 자세한 논의가 이뤄지지 않았다. 그녀의 뛰어난 예술적 업적이 잔혹한 사건에 가려질 것을 우려했기 때문이다. 캐시 박 홍의 구체적인 묘사를 읽어 보면, 강간범에게 저항한 차학경의 흔적을 실제로 찾아낸 사람은 그녀의 오빠와 남동생, 그리고 그녀의 남편 리처드였음을 알 수 있다. 아시아계 여성 피살 사건에 대해 미국 경찰의 노력이 부진했다는 사실도 추측할 수 있다. 잔혹한 산자는 그녀를 죽이고 이틀 뒤 여성스러운 반지를 새끼손가락에 낀 모습이 포착되었으며, 3개월 후 다른 여성 두 명을 더 강간했다.

차학경의 『딕테』는 아주 전위적인 서사 시집으로 읽힌다. 여성의 목소리와 가족의 이야기를 함께 녹여 내면서 영어, 불어, 한자, 사진 등을 활용해 낯선 감각으로 독자를 인도한다. 미국으로 이주해 낯선 외국어를 배워야 했던 경험 탓인지 언어에 대한 감각이 예민하게 드러난다. 영화 촬영 기법과 연극적인 요소, 그리고 미술이 기묘하게 혼재해 그녀만의 예술 세계에 빠져들게 한다. 그러면서 각 장의 행간에 역사와 철학적 사유를 담아낸다. 포스트모더니즘 예술의 요소가 많아 난해하지만 기이한 매력이 있어 연구자들을 매혹시킨다.

이 책의 '클리오 역사(CLIO HISTORY)' 부분에는 미국의 「루스벨트 대통령에게 보내는 하와이 한인들의 탄원서(PETITION FROM THE KOREANS OF HAWAII TO PRESIDENT ROOSEVELT)」가 삽입된 부분이 있다. 하와이에 거주하는 8,000명의 한인들이 1905년 7월 12일 민중회의를 개최한 뒤 1,200만 한국 동포들의 감정을 대변한 것으로, 러시아와 일본이 한국을 유린할 때 한국이 자주적 정부를 유지할 수 있도록 도움을 요청한 내용이다. 일제 식민지 시대를 견뎌야 했던 어머니와 할머니의 삶을 그녀들의 목소리를 통해 직접적으로 전달하기도 한다. 사적인 가족의 서사이면서 동시에 이산의 아픔을 간직한 한국의 역사를 이방인의 관점에서 극화시킨다. 한편 유관순, 잔 다르크, 소화 테레사 성녀의 삶을 대비시키면서 숭고의 차원을 보여 주기도 한다.

조국을 떠났지만 조국을 잊지 못하는 디아스포라적인 삶을 형상화하는 기법이 독창적이다. 그녀는 시간에 대하여 이렇게 토로한다. "어떤 사람들은 나이를 모른다. 어떤 사람들은 나이를 먹지 않는다. 시간이 멈춘다. 시간은 어떤 사람들을 위해 멈추어 준다. 그들을 위해 특별히. 영원의 시간. 나이가 없다. 시간은 일부 사람들을 위해서 고정된다. 그들의 이미지, 그들에 대한 기억은 쇠퇴하지 않는다. 그 자체를 재생산하고 증식시키면서, 정확하게 영혼으로부터 추출된 고정적 이미지와는 다르다. 그들의 얼굴은 공허한 아름다움이 아니고, 계절 따라 시드는 아름다움이 아니고, 피할 수 없는 것이나, 죽음도 아니고, 죽어가는—것 그 자체를 환기시킨다." 그렇게 시간마저 정지시키는 영혼의 힘과 예술의 가치를 상기시킨다. 온몸으로 자신의 예술에 헌신한 그녀가 참혹하게 죽은 사실이 가슴 아프다. 그녀가 살아 있었다면 예술적 성취는 훨씬 더 확장되고 심화되었을 것이다.

최근 '신당역 스토킹 살인 사건' 뉴스를 보면서 여성들이 여전히 스토킹과 강간, 살해 위협에 노출되어 있음을 절감했다. 폭력에 노출된 여성에게는 그가 연인이든 친구이든, 심지어 남편일지라도 공포를 주는 대상이 된다. 괴물과 사랑을 나누고 싶은 여성이 어디 있겠는가. 이별 후에 감행되는 보복 행위와 스토킹에 대해 피해자 여성을 보다 철저하게 보호할 법적 장치가 강화되어야 한다.

루스벨트 대통령에게 보내는
하와이 한인들의 탄원서

호놀룰루, T. H.
1905년 7월 12일

    미합중국 대통령 각하께,

    각하,—다음의 서명인들은 하와이에 현재 거주하고 있는 8,000명의 한국인으로부터 1905년 7월 12일 호놀룰루시에서 개최된 특별민중회의에서 결정된 탄원서를 각하에게 제출하는 권한을 부여받았습니다.

하와이에 사는 우리 한국인들은 천이백만 한국 동포들의 마음을 대변하고자, 대통령께 다음의 사실들을 정중하게 알려 드립니다.—

러시아와 일본의 전쟁이 시작된 직후에, 우리 정부는 곧바로 일본과 침략과 방어에 대한 동맹 조약을 체결했습니다. 이 조약으로 모든 한국인들은 일본인들에게 개방되었고, 한국 정부와 국민들은 일본 통치권자들이 한국의 국내와 인접 지역에서 군사작전을 수행하는 데 협조를 해 왔습니다.

이 조약의 내용은 각하도 분명히 알고 계실 것이니, 이 탄원

서에 포함시킬 필요는 없을 것 같습니다. 하지만 이 조약의 목적은 한국과 일본의 자주성을 보존하기 위한 것이며, 러시아의 침략으로부터 동아시아를 지키기 위한 것이었음을 분명하게 주장합니다.

한국은 일본과의 우호적인 관계를 통해 러시아의 침해로부터 보호받는 대가로, 일본인에게 한국을 군사 작전 기지로 사용하도록 허가하면서 편의를 제공했습니다.

이 조약이 체결되었을 때, 한국인들은 일본이 국가 경영에 있어서 유럽과 미국 같은 현대 문명의 대열에 이르는 정부의 행정적 혁신을 도입해 줄 것이라 생각했고, 일본이 한국인들에게 우호적으로 조언하고 상담해 줄 것으로 기대했습니다. 그러나 일본 정부는 한국인들의 상황을 개선시키는 데 있어 단 한 가지도 하지 않아 우리에게 실망감과 후회를 안겨 주었습니다. 오히려 반대로, 일본은 수천 명의 거칠고 무자비한 일본 국적의 남자들을 풀어놓아, 선량한 한국인에게 가장 큰 분노를 야기하는 방식으로 처신했습니다. 한국인들은 본래 호전적이거나 공격적인 국민들이 아닌데 일본인들의 야만적인 행동에 대해 심각한 분노를 느낍니다. 우리는 일본 정부가 한국 안에서 그들의 국민들이 서슴없이 폭력을 자행하도록 인정해 주었다고 생각하지는 않지만, 일본 정부는 이러한 사태를 저지하기 위해 아무것도 한 것이 없습니다. 그들은, 지난 18개월 동안 우리 정부로부터 강제적으로 특권과 혜택을 누려왔으며, 오늘날 그들은 실질적으로 한국에서 획득할 만한 가치가 있는 것은 모두 소유하고 있습니다.

......

러시아와 일본 평화사절간의 회담 기간 동안, 각하께서 그들의 해결 방안 조건에 대하여 양 당사자들에게 어떠한 제안도 고려하지 않는 것을 충분히 이해하지만, 우리는 한국이 자주적인 정부를 유지할 것과 다른 국가의 권력이 우리 국민을 억압하거나 잘못 대우하는 일이 없도록 각하께서 책임을 져주기를 진심으로 바랍니다. 한미 조약의 구절에는 미국에 협조를 청할 권리가 있으며, 지금이 우리에게 그 협조가 가장 필요한 시기입니다.

아주 존경하는, 각하의 순종하는 시민들,
(서명) P. K. 윤
　　　이승만

1919년 3월 1일. 모든 사람들은 스스로 태극기를 지닐 것을 안다. 모든 사람들은 이 행동에 따른 처벌을 똑같이 안다. 행진이 시작되고, 태극기를 꺼내고, 보여지고, 물결처럼 움직이고, 모든 개인들이 이 나라 국민에게 독립과 자유를 달라고 부르짖는다. 이에 따른 처벌을 잘 알고 있다. 앞장서서 행진하던 그녀의 부모가 쓰러진다. 그녀의 오빠들도. 수많은 사람들이 총탄에 맞아 쓰러지고 적의 군대에게 무차별로 칼로 찔린다. 관순은 혁명의 지도자로 체포되고, 그 행위에 해당하는 처벌을 받는다. 그녀는 가슴을 칼로 찔리고, 문초를 받지만 아무 이름도 밝히지 않는다. 7년의 형이 내려지고, 그때 그녀의 대답은 나라 자체가 감옥에 갇혀 있다는 것이었다. 아이 혁명의 아이 애국자 민족의 여성 전사. 영원히 기억되는 하나의 행위. 한 존재의 완성인가요. 하나의 순교. 한 나라의 역사를 위한 행위. 한 나라의 국민을 위한 행위.

어떤 사람들은 나이를 모른다. 어떤 사람들은 나이를 먹지 않는다. 시간이 멈춘다. 시간은 어떤 사람들을 위해 멈추어 준다. 그들을 위해 특별히. 영원의 시간. 나이가 없다. 시간은 일부 사람들을 위해서 고정된다. 그들의 이미지, 그들에 대한 기억은 쇠퇴하지 않는다. 그 자체를 재생산하고 증식시키면서, 정확하게 영혼으로부터 추출된 고정적 이미지와는 다르다. 그들의 얼굴은 공허한 아름다움이 아니고, 계절 따라 시드는 아름다움이 아니고, 피할 수 없는 것이나, 죽음도 아니고, 죽어가는—것 그 자체를 환기시킨다.

기억에 얼굴을 맞대어 보면, 그리워진다. 그것이 누락되었다. 여전히. 시간은 어떠한가요. 움직이지 않는다. 거기에 머무른다. 아무것도 그리워하지 않지요. 시간, 그것은. 그 밖의 모든. 그 밖의 모든 것. 모든 다른 것은, 시간에 종속되지요. 여전히 태어난다. 유산된다. 가까스로. 유아. 씨앗, 배아, 새싹, 고르게 싹이 트지는 않지요. 휴면, 지체, 사라짐.

목이 잘린 형태들. 닳아버린 것. 손상된 채, 과거의 기록, 이전의 형태를 기록한다. 얼굴로 마주보는 현재는 사라진 것, 부재를 드러낸다. 말해졌어야 하는 남은 것, 기억. 그러나 남은 것은 전체이다.

기억은 전부이다. 사라진 자의 얼굴 안에 있는 그리움. 그리움은 지속된다. 흥하다가 사라지는 것 사이에 고정된 것은 진보의 표시가 아니다. 시간 안에, 그 밖의 모든 것은 나이가 든다. 예외도 있다. 어떤 것은 시간을 벗어나 있다.

Petition from the Koreans of Hawaii to President
Theodore Roosevelt

Honolulu, T. H.

July 12, 1905.

To His Excellency,

The President of the United States

Your Excellency,—The undersigned have been authorised by the 8,000 Koreans now residing in the territory of Hawaii of Honolulu, on July12, 1905, to present to your Excellency the following appeal:—

We, the Koreans of the Hawaiian Islands, voicing the sentiments of twelve millions of our countrymen, humbly lay before your Excellency the following facts:—

Soon after the commencement of the war between Russia and Japan, our Government made a treaty of alliance with Japan for offensive and defensive purposes. By virtue of this treaty the whole of Korea was opened to the Japanese, and both the Government and the people have been assisting the Japanese authorities in their military operations in and about Korea.

The contents of this treaty are undoubtedly known to your Excellency, therefore we need not embody them in this appeal. Suffice it state, however, the object of the treaty was to preserve the independence of Korea and Japan and to protect Eastern Asia from Russia's aggression.

Korea, in return for Japan's friendship and protection against Russia, has rendered services to the Japanese by permitting them to use the country as a base of their military operations.

When this treaty was concluded, the Koreans fully expected that Japan would introduce reforms into the governmental administration along the line of the modern civilization of Europe and America, and that she would advise and counsel our people in a friendly manner, but to our disappointment and regret the Japanese Government has not done a single thing in the way of improving the condition of the Korean people. On the contrary, she turned loose several thousand rough and disorderly men of her nationals in Korea, who are treating the inoffensive Koreans in a most outrageous manner. The Koreans are by nature not a quarrelsome or aggressive people, but deeply resent the high—handed action of the Japanese towards them. Government approves the outrages committed by its people in Korea, but it has done nothing to prevent this state of affairs. They have been, during the last eighteen months, forcibly obtaining all the special privileges and concessions from our Government, so that to—day they practically own everything that is worth having in Korea.

......

We fully appreciate the fact that during the conference between the Russian and Japanese peace envoys, Your Excellency may not care to make any suggestion to either party as to the conditions of their settlement, but we earnestly hope that Your Excellency will see to it that Korea may preserve her autonomous Government and that other Powers shall not oppress or maltreat our people. The clause in the treaty between the United States for assistance, and this is the time when we need it most.

Very respectfully, Your obedient servants,

(Sgd.) P. K. Yoon

Syngman Rhee

March 1, 1919. Every knows to carry inside themselves, the national flag. Everyone knows equally the punishment that follows this gesture. The march begins, the flags are taken out, made visible, waved, every individual crying out the independence the freedom to the people of this nation. Knowing equally the punishment. Her parents leading the procession fell. Her brothers. Countless others were fired at and stabbed indiscriminately by the enemy soldiers, Guan Soon is arrested as a leader of the revolution, with punishment deserving of such a rank. Guan Soon is arrested as a leader of the revolution, with punishment deserving of such a rank. She is stabbed in the chest, and subjected to questioning to which she reveals no names. She is given seven years prison sentence to which her reply is that the nation itself is imprisoned. Child revolutionary child patriot woman soldier deliverer of nation. The eternity of one act. Is the completion of one existence. One martyrdom. For the history of one nation. Of one people.

Some will not know age, Some not age. Time stops. Time will stop for some. For them especially. Eternal time. No age. Time fixes for some. Their image, the memory of them is not given to deterioration, unlike the captured image that extracts from the soul precisely by reproducing, multiplying itself. Their countenance evokes not the hallowed beauty, beauty from seasonal decay, evokes not the inevitable, not death, but the dying.

Face to face with the memory, it's misses. Its missing. Still. What of time. Does not move. Remains there. Misses nothing. Time, that is. All else. All thing else. All other, subject to time. Must answer to time. except. Still born. Aborted. Barely. Infant. Seed, germ, sprout, less even. Dormant, Stagnant, Missing.

The decapitated forms. Worn. Marred, recording a past, of previous forms. The present form face to face reveals the missing, the absent. Would—be—said remnant, memory. But the remnant is the Whole.

The memory is the entire. The longing in the face of the

lost. Maintains the missing. Fixed between the wax and wane indefinite not a sigh of progress. All else age, in time. Except. Some are without.

차학경(Theresa Hak Kyung Cha, 1951~1982)

∿

 차학경은 한국계 미국인으로 부산에서 태어나 1961년 가족과 함께 미국으로 이민을 간 후 하와이와 캘리포니아 등지에서 유년 시절을 보냈다. 버클리대학에서 문학, 예술 이론, 행위 예술, 영화 등 다방면에 걸쳐 공부했으며, 예술 분야 석사 학위를 취득한 후 프랑스 파리에서 영화제작과 비평이론을 공부했다. 1980년 미국으로 돌아와 뉴욕에 정착한 후, 시와 미술과 설치 미술 등의 다양한 장르의 예술을 접목하는 활동을 했다. 첫 작품집인 『딕테(Dictee)』(1982)의 출간 3일 후, 뉴욕에서 사진작가였던 남편의 작업실을 찾아갔다가 해당 건물 관리인에게 강간을 당하고 살해당했다. 이미 강간 전과가 두 번이나 있었던 살인범은 플로리다에 숨어 있다가 경찰에 잡혔다. 그녀의 작품들은 1970년대 이후의 새로운 사조들이 반영되어 포스트모더니즘, 탈식민주의, 페미니즘 등에 예언자적 관점을 보여주었고, 아시아계 여성 작가들에게 많은 영향을 미쳤다. 공연 예술로는 〈눈 먼 음성(Aveugle voix)〉(1975)이 있고 비디오 작품 등도 남겼다.

소수자의 감정[1]
캐시 박 홍

ꕤ

2022년 베이징 동계올림픽이 끝난 지 얼마 되지 않아 러시아가 우크라이나를 침공했다. 푸틴 대통령은 옛 소련의 영광을 재현한다는 환상을 자국민에게 심어 주면서 장기 집권을 꾀하고 있다. 그가 전쟁을 일으킬 때마다 지지율이 치솟았기에 이번에도 주도면밀하게 전쟁을 준비하고 침략했다.

최근 들어 러시아에서 독재자였던 스탈린의 업적을 재평가하는 분위기가 고조되고 있다고 한다. 스탈린이 지배했을 때 우크라이나는 엄청난 곡창 지대임에도 수확된 농산물 대부분을 정부가 몰수해 가는 바람에 300만 명이 넘는 사람들이 굶어 죽었다. 거리에 시체가 널려 있어도 사람들은 기력이 없어 시체를 치울 수 없었다. 우크라이나 대기근에 대해 소련은 사과한 적이 없다.

우크라이나의 수도 키이우(키예프)로 쳐들어가는 탱크 부대를 맨몸으로 막아서는 남자를 보니 가슴이 먹먹하다. 대개의 전쟁이란 독재 성향이 강한 정치인이 자국 내에서 기반을 강화하고자 주변 국가를 침략할 때 발생한다. 조선도 임진왜란 때 일본 권력자들의 정치 전략으로 인해 큰 시련을 겪었다. 강한 자는 전쟁을 일으키는 명분을 자신에게 유리한 논리로 조작해 힘으로 밀어붙인다. 미국을 비롯한 서방 국가들을 교묘하게 속이면서 공습을 강행한 푸틴에게 분노심이 일어난다. 러시아 내에서 반전 시위를 하는 국민을 모두 잡아들이는 구시대적인 폭정이 사라져야 한다. 중국의 시진핑 역시 장기 집권을 꾀하면서 대만을 호시탐탐 노리고 있고, 김정은 역시 세습 왕조의 후계자처럼 북한 인민을 호도하고 있다.

뉴스를 보니, 어나니머스(Anonymous) 해커들이 러시아 정부 사이트를 공격했다는 소식에 잠시 희망이 보인다. 그들은 인터넷에서 핵티비즘(Hacktivism)의 활동을 하는 가상 단체인데, 사이버 검열과 감시에 반대하면서 시민 불복종 운동도 한다. 그들이 흑기사처럼 우크라이나인들에게 용기를 주었다. 강대국이 약소국을 무참하게 짓밟는 이러한 사태를 전 세계인들이 감시하고 저지할 수 있어야 한다. 세계 대전으로 번질 우려 때문에 군사행동을 자제하는 서방의 지도자들도 좀 더 적극적으로 도움의 손길을 펼치길 바란다.

히틀러나 푸틴처럼 침략 전쟁을 일으키는 정치인을 범죄자로 낙인을 찍는 것도 필요하다. 전쟁을 일으키고 승리한 지도자를 영웅으로 기록하는 역사관도 재고되어야 한다. 국제 관계는 냉혹한 정글이지만 인터넷이 발달한 현대는 전 세계인들이 그들의 만행을 보고 규탄할 수 있다. 나도 페이스 북에 '#우크라이나 전쟁 반대'라는 포스팅을 올렸다. 독재자의 야심을 채우기 위해 다수의 선량한 시민들이 고통 속으로 내몰리는 상황이 빨리 해결되기를 바란다.

개인 혹은 국가 집단에서, 소수자 혹은 약자들은 이러한 차별과 폭력에 노출되기 쉽다. 이러한 문제에 반응하면서 미국의 인종 차별을 선명하게 부각한 캐시 박 홍(Cathy Park Hong)의 시와 산문은 관심을 끈다. 2020년에 출간한 산문집인 『마이너 필링스(*Minor Feelings*)』는 미국에서 베스트셀러가 되었고, 그녀는 〈타임〉지의 표지 모델도 되었다. 이 책에서 그녀는 미국에 사는 유색인들이 일상에서 겪는 미묘한 차별과 배제를 아주 솔직하고 적나라하게 토로한다. 특히 코로나 19로 아시아계 사람들에게 가해지는 폭력과 무시가 증가하는 상황에서 더 주목을 받고 있다.

현대 미국 문화에 대한 성찰을 이끌어 내는 그녀는 미국 시단에서도 인정받고 있다. 그녀의 첫 시집 『몸 번역하기(*Translating Mo'um*)』는 아주 실험적인 시집이다. 한국계 후손이라는 자의식이 강하게 배어 있다. 두 개의 언어를 사용하는 한국인 2세의 번민이 선명하게 형상화되어 있다. 몸은 영어로 'Body'인데, 그녀는 몸의 한국식 발음을 그대로 시에 영어로 표기한다. 부모의 언어를 소리로 감각하는 무의식을 표현한 것이다.

3개의 연작시로 된 「몸 번역하기(Translating Mo'um)」 1부

에서는 한국인의 애틋한 정서가 담겨 있다. "몸(mo'um)은./ 털/ 음식/ 심장/ 욕정// 혹은 몸은 마음을 변화시키는 것, 몸은 이 모든 것이 아니다.// 어머니는 늘 내게 물었지. mo'umi a-p'a(몸이 아파)?// 그리고 내가 제일 먼저 몸을 정의할 때는 감기,/ 오한, 열이 나는 기운—// oma ujiruh(엄마, 어지러워요)// 감기라는 선물은 학교를 하루 쉬게 하고,/ 내 담요는 온도 조절 장치, 뜨거운 집은 눈사태처럼 녹고,"

이런 표현을 보면, 그녀의 몸에는 한국의 고유한 정서와 삶이 응축되어 있음을 느끼게 된다. 자신이 미국인이지만 몸에 각인된 정동(affect, 情動)을 표현한 것이다. 우크라이나 전쟁에서 죽어 가는 사람들의 생생한 몸의 고통이 푸틴의 심장에 깊이 각인되기를 바란다.

몸 번역하기

몸(*mo'um*) 1.

그 말은 구호금이고, 수도사의 심오한 헛소리예요,
조용한 입술—입에 물을 가득 담고
말하려는 몸부림, 물을 쏟지 않고, 음음음
서둘러 음, 나중에 생각해보니, 유령이, 마치
말하기 당혹스러워—

몸은.
　털
　　음식
　　　심장
　　　　욕정

혹은 몸은 마음을 변화시키는 것, 몸은 이 모든 것이 아니다.

　　　어머니는 늘 내게 물었지. *mo'umi a-p'a?*

그리고 내가 몸을 제일 먼저 정의할 때는 감기,

오한, 열이 나는 기운—

　　　　oma ujiruh(엄마, 어지러워요)

　　　감기라는 선물은 학교를 하루 쉬게 하고,
　　　내 담요는 온도 조절 장치, 뜨거운 집은 눈사태처럼
녹고,

　　　　sagwa moguh(사과를 먹어라)

두꺼운 렌즈의 열을 식히기 위해,
어머니는 과일 껍질을 벗겨, 기하학적인 모양으로 얇게 썰어
주었다

　　　나는 대답했다: *Mo'umi appa oma*(몸이 아파 엄마).

발열은 얼굴이 붉어지는 병리이며,
열기가 뭉치고, 벌겋게 가려진 시야,

무뎌진 뚱뚱한 혀, 근육을 감싸는 뼈의 욱신거림.
내가 원하는 모든 것은 자는 것, 이 몸을 떠나는 것뿐이었
는데,

침의 바늘에 대한 기억처럼 아프다
할머니의 목 근처에 앉아

(*ch'im maju*—그 말은 침을 뱉는다는 뜻이기도 하지만
귀신을 쫓는 데 사용하는 바늘을 뜨겁게 합친 것이다.

마치 몸이 영혼, 증기, 목줄에 묶인 개인 것처럼—
불투명한 인형이 결코 아니고 인형을 작동시키는 건전지다)

할머니는 무릎을 꿇었다. 바닥을 향한 두 개의 소용돌이.
몸과(mo'um)과 마음(ma'hum)의 차이.

언제나 우리가 처음으로 느끼는 고통은 몸과 연관된다,
주먹에서 가슴까지의 무게.

몸을 행동과 연관시키면.

　　　버리다
　　　　숨기다
　　　　　정화하다
　　　　　　초월하다

하나씩, 집집마다 불이 붙어

불타 버렸다. 우리는 불꽃은 못 보고, 창문 밖으로 나오는

두터운 연기를 보았다. 우리의 피부에 재를 뿌려
검게 만들고, 순교자는 창가에 벌거벗고 있다,

그녀가 불길을 잡기를 기다리는 동안, 그녀에게 조명이 비
쳤다.

......

Translating Mo'um

mo'um 1:

the utterance is an alm, the deep palaver of monk,
the demure lips—the struggle to speak with a mouth full
of water without spilling, the *mmm*
the hurried *um*, an afterthought, ghost, as if
embarrassed to say—

mo'um is:
   fur
      food
         heart
            lust

or changing my mind, it is none of this:

        mother always asked me: *mo'umi a-p'a?*

And it is *fever* that I first defined as mo'um,

the chills, heated energy—

    oma ujiruh(Mother, I am dizzy)

    fevers whose gift was a day off from school,
    my blanket a thermostat, hothouse avalanche,

    sagwa moguh(Eat this apple)

to cool off the thick—lensed heat,
mother offered me peeled fruit, sliced in sweet geometry

    I answered: *Mo'umi appa oma.*

Fever is the pathology of blushing,
knotted heat, red shrouding sight,

the dull fat tongue, throb of bone hugging muscle.
All I wanted to do was sleep, to leave his body,

to ache like the memory of acupuncture needles
perched around Grandmother's throat

(*ch'im maju*—which means spit but also
the hot blend of needles used to exorcise

as if mo'um was spirit, steam, leashed dog—
never the opaque doll but the battery that ran it.)

Grandmother kneeled. Two whorls against the floor:
the difference between mo'um and ma'hum,

always the pain that we first associate with mo'um,
the weight of fist to breast.

To Associate mo'um with action:

      to forsake
       to hide
        to cleanse
         to transcend

One by one, each house caught on fire and
burned down. We saw no flames, only smoke

bellying out of windows, the ash that rained

and darkened our skins, the martyr naked by the
window,

a spotlight on her as she waited for the flames to catch.

......

캐시 박 홍(Cathy Park Hong, 1976~)

∽

한국계 미국인인 캐시 박 홍은 1976년에 로스앤젤레스에서 태어났으며, 유년 시절에는 집에서 한국어를 사용하다가 학교에 입학한 후 영어를 사용했다. 그런 탓인지 그녀는 한국어와 영어 자체에 대한 감수성이 남다르다. 아이오와대학교 문예창작과에서 시 창작을 하면서 예술 비평 활동을 수행해 왔다. 시집은 『몸 번역하기(*Translating Mo'um*)』(2002 푸시카트상 수상), 『댄스, 댄스, 혁명(*Dance Dance Revolution*)』(2008 바너드 여성 시인상 수상), 『제국의 엔진(*Engine Empire*)』(2012)을 출간했다. 『뉴 리퍼블릭(*New Republic*)』에서 시 담당 편집자로 일하며, 버클리대학교 영문학과 교수로 재직 중이다. 2020년 봄에 출간한 에세이집인 『마이너 필링스(*Minor Feelings*)』는 〈뉴욕 타임스〉 논픽션 분야 베스트셀러로 선정되고, 퓰리처상 후보에 올랐으며 전미 도서비평가협회 상을 수상했다.

늙은 바다와 아버지의 초상:
로버트 로월

❧

장마 탓인지 이불과 옷장에 습기가 스며든다. 후텁지근한
여름이 오면 문득 〈연인〉이란 영화의 한 장면이 떠오른다. 마
르그리트 뒤라스의 소설을 영화로 만든 작품인데, 식민지 시
대의 베트남 풍경과 열정적인 사랑이 강한 여운을 준다. 여름
에 어울리는 말은 '바다', '초록', '태양' 그리고 '청춘'이다. 여
름 해변이라는 말에 어울리는 꽃은 수국이다. 비에 젖은 수국
꽃잎은 얼마나 감미로운가.

지난 6월 한국비평이론학회 30주년 학술대회에 참석했다.
삼십 년은 어른이 된다는 말이다. 학회에서 발간한 논문에 인
용된 비평 이론가들을 지도로 제작하여 학문의 흐름을 살피
는 게 흥미로웠다. 한 시대를 풍미하는 사상도 끊임없이 변
화한다는 사실을 새삼 느끼게 되었다. 동그라미처럼 표시된
공간으로 영향력을 표시한 지도를 보니 신기했다. 독창적인
철학이나 비평 이론을 전개하는 것은 결코 쉽지 않은 일이다.
철학 분야 역시 서구의 담론을 수입해 인용하고 한국 문헌과

비교하거나 확장하는 경향이 우세한 듯하다. K팝처럼 전 세계인의 사유에 혁신적인 빛을 던져 줄 한국 철학자의 출현을 기다린다.

학회에서 발표를 마친 K 교수님이 부산에 하루 더 체류하려 하니 관광 명소를 소개해 달라고 했다. 미포에서 송정까지 이어지는 해변열차가 해운대와 광안리를 이미 다녀온 사람에게 좋을 것 같았다. 부산의 관광지를 추천하던 중에 그분이 부산을 '노인과 바다'라고 부른다면서 농담을 했다. 그 말에 다들 웃었지만 도시가 늙어 간다는 은유여서 조금 씁쓸했다. 여름 해변에서 젊은 축제가 열리지만 부산이 늙어 간다는 말처럼 들렸다. 인구의 절반이 수도권에 사는 기형적인 현상으로 다른 지역들은 소외되고 낙후되어 간다.

시장 보기가 겁날 정도로 물가가 올라 시민들의 시름이 깊다. 전기와 가스 요금도 곧 오를 것이다. 이러한 문제를 해결하기 위해 원자력 발전소를 다시 부흥시키려는 정부의 방침이 발표되었다. 원전은 양날의 검처럼 장점도 있지만 핵폐기물 문제와 같은 단점도 공존한다. 원전 근처의 지역민에게는 전기료를 삭감해 주는 것이 좋을 것이다. 지역에 살면 더 많은 혜택을 주는 정책을 정부가 주도적으로 추진해 나가면 수도권의 인구를 적절하게 분산할 수 있지 않을까.

늙어 가는 바다를 보면서 『인생 연구(*Life Studies*)』라는 시집을 출간한 미국 시인 로버트 로월(Robert Lowell)을 떠올렸다. 미국 시단에서 고백파 시를 창시한 그는 유명한 실비아 플라스와 앤 섹스턴의 스승이다. 인간 내면의 비루한 심리를 저 밑바닥까지 드러내는 시적 경향은 후대의 시인들에게 많은 영향을 미쳤다. 자신의 가족사를 소재로 삼아 이 시집에서 긴 산문시를 썼는데, 한 편의 단편 소설을 읽는 듯하다. 그런데 소설과는 다른 팽팽한 긴장감이 살아 있다. 최근에 다시 읽어도 더 좋은 것을 보니 명작의 힘이다.

로월은 해군 중령으로 퇴직한 아버지를 소재로 「로월 중령(Commander Lowell)」이라는 시를 썼는데 깊은 공감을 준다. 미국의 아버지나 한국의 아버지나 별다른 차이가 없는 것 같다. 직장에서 은퇴한 남성들의 무기력과 허세를 다음과 같이 묘사한다. "아버지는 해군을 떠났고/ 어머니에게 그의 재산을 양도했다.// 그는 곧 해고되었다. 해마다,/ 그는 여전히 욕조에서 "닻을 감아올리고" 노래를 흥얼거렸다—/ 그는 직장을 그만둘 때마다,/ 더 근사한 자동차를 샀다." 이 시에는 새로운 희망을 품고 은퇴했지만 사회생활이 만만치 않은 남자들의 일상이 느껴진다. "닻을 감아올리고"는 미국 해군의 군가인데 그 우렁찬 노래를 작은 욕조에서 흥얼거리는 아버지의 모습에서 연민의 감정이 올라온다.

로월은 베트남 전쟁에 반대하는 시위를 주도해 감옥까지 간 용기 있는 시인이지만, 소심하고 여린 성격도 감지된다. 우울증을 앓았고 정신병원에서 겪은 체험이나 이혼 후의 복잡한 심경을 그는 시 속에 자세하게 묘사한다. 섹스턴이 산문집에서 그를 '부드럽고 다정한 사람'으로 쓴 것을 발견하고 마치 그들을 만난 듯이 반가웠다. 로월의 시는 낭송을 하기에도 멋있었던 것 같다. 영화 〈실비아〉에서도 플라스와 테드 휴즈가 로월의 시 낭송 녹음을 듣고 대화하는 장면이 나온다.

레즈비언 시인이었던 엘리자베스 비숍과의 오랜 우정도 미국 문학사에서 유명하다. 박사학위 주제로 로월을 선택하고 그의 시를 번역하면서 힘겹게 논문을 썼던 기억이 떠오른다. 그때 번역한 초벌 원고가 가만히 잠자고 있는데 기회가 되면 책으로 엮어야겠다. 그가 살아 있다면 미국으로 건너가 만나고 싶다. 먼 이국에서 그의 시를 치열하게 연구한 시인이 있었다는 얘기를 전해 주고 싶다. 어쩌면 사랑일 것이다. 뜨거운 연인처럼 사랑하는 것들이여!

로월 중령
1887—1950

......

해군장교를 아버지로 둔 것은
'매트(Matt)'에 있는 여름 피서지에서
떠들어 댈 만한 것은 아니었다.
그는 전혀 '진지한' 사람이 아니었다.
그가 골프장에 나타났을 때,
촌스럽게 재단된 파란 모직 재킷과
진주만의 병참부대에서 구입한 바지를 입었다…
그리고 퍼터로 네 번의 샷을 하여 홀에 공을 넣었다.
—"밥," 그들이 말하길, "당신이 골프 경기를 하려면
어떻게 하는 지를
알아야 되는 게임이에요."
그들은 그를 '해군'으로 치부하고
그의 스포츠 취미는 항해라고 생각했다.
불쌍한 아버지, 그가 훈련하는 것은 공학이었다!
일요일 요트 클럽의 노련한 선원들 사이에서
명랑하고 주눅이 든,

그는 결코 그 무리 가운데 한 명이 아니었다.

"닻을 감아올리고," 아빠가 욕조에서 큰소리로 노래 불렀다.
"닻을 감아올리고,"

레버 브라더스 회사가 해군이 주는
임금의 두 배를 지불한다고 그에게 제안했을 때,
나는 금실이 달린 아빠의 군인 예복용 칼을 달라고 졸랐다.
그리고 엄마 때문에 움츠러들었다, 그녀는 모든 이빨을
새롭게 덧씌워 마흔 살에 새로 태어났다.
선원다운 민첩함으로,
아버지는 해군을 떠났고,
어머니에게 그의 재산을 양도했다.

그는 곧 해고되었다. 해마다,
그는 여전히 욕조에서 "닻을 감아올리고" 노래를 흥얼거렸다—
그는 직장을 그만둘 때마다,
더 근사한 자동차를 샀다.
아버지의 마지막 고용주는
스커더, 스티븐스, 그리고 클라크, 투자 자문사들이었다.
그 자신이 그의 유일한 고객이었다.
어머니는 홀로 침대에 자러 가서,

메닝거(Menninger)를 읽었고,

점점 의심이 늘어나는 동안,

그는 반항적으로 변했다.

매일 밤마다,

램프의 공허한 광휘 속에서

그는 상아색 아나폴리스 계산용 자를

그래프 받침대 쪽으로 미끄러뜨렸다

투기적인 소액 투자자! 삼 년 안에

그는 6만 달러를 날려버렸다.

모든 사람들에게 미소를 짓고,

아버지는 지배 계층의 보스턴 사람들 사이에서

길을 잃을 만큼 한때는 성공을 했었다.

이미 1928년에,

그는 기름을 때도록 개조된 집을 소유했었고,

성 마르코 학교를 설계한 건축사가 장식한

집이었다… 그 집의 주된 효과는

'베르사유 궁전 만큼 긴' 거실이었고,

오트밀로 거칠게 마감한 천장은, 바다처럼 푸르렀다.

그리고 한때는

열아홉 살에, 동기생 중에서 최연소로 소위가 되었다,

그는 양쯔강을 항해하던 함대의 '두목'이었다.

Commander Lowell

1887—1950

......

Having a naval officer

for my Father was nothing to shout

about to the summer colony at "Matt."

He wasn't at all "serious,"

when he showed up on the golf course,

wearing a blue serge jacket and numbly cut

white ducks he'd bought

at a Pearl Harbor commissariat...

and took four shots with his putter to sink his putt.

—"Bob," they said,—"golf's a game you really ought to

know how to play,

if you play at all."

They wrote him off as "naval,"

naturally supposed his sport was sailing.

Poor Father, his training was engineering!

Cheerful and cowed among the seadogs at the Sunday

yacht club,

he was never one of the crowd.

"Anchors aweigh," Daddy boomed in his bathtub,

"Anchors aweigh,"

when Lever Brothers offered to pay

him double what the Navy paid.

I nagged for his dress sword with gold braid,

and cringed because Mother, new

caps on all her teeth, was born anew

at forty. With seamanlike celerity,

Father left the Navy,

and deeded Mother his property.

He was soon fired. Year after year,

he still hummed "Anchors aweigh" in the tub—

whenever he left a job,

he bought a smarter car.

Father's last employer

was Scudder, Stevens and Clark, Investment Advisors,

himself his only client.

While Mother dragged to bed alone,

read Menninger,

and grew more and more suspicious,
he grew defiant.
Night after night,
à la clarté déserte de sa lampe,
he slid his ivory Annapolis slide rule
across a pad of graphs —
piker speculations! In three years
he squandered sixty thousand dollars.

Smiling on all,
Father was once successful enough to be lost
in the mob of ruling—class Bostonians.
As early as 1928,
he owned a house converted to oil,
and redecorated by the architect
of St. Mark's School.... Its main effect
was a drawing room, "longitudinal as Versailles,"
its ceiling, roughened with oatmeal, was blue as the sea.
And once
nineteen, the youngest ensign in his class,
he was "the old man" of a gunboat on the Yangtze.

로버트 로월(Robert Lowell, 1917~1977)

20세기 미국 문학사에서 고백시를 창시한 로월은 보스턴의 명문가 출신 시인이다. 그는 초기에는 19세기 미국의 청교도 문학과는 다른 차원의 종교시를 전개하였고, 중기에는 자아의 심연에 잠긴 은밀한 욕망을 드러내고, 자신의 가족과 미국의 역사에 대해 거침없이 반항하는 이단자의 모습을 보여 준다. 초기 시집은『하느님을 닮지 않은 땅(Land of Unlikeness)』(1944),『위어리경의 성(Lord Weary's Castle)』(1946 퓰리처상 수상)이며 중기의『인생연구(Life Studies)』(1959 전미도서상 수상)는 고백시를 개척한 시집으로 널리 알려지게 된다.『죽은 미합중국 병사를 위하여(For the Union Dead)』(1964),『대양 가까이(Near the Ocean)』(1967) 등은 금기시되었던 인간 내면의 욕망과 전후 세대의 자화상과 현대 미국 문명에 대한 비판을 담고 있다. 후기 시에는『노트북(Notebook)』(1967~1968),『돌고래(The Dolphin)』(1973),『역사(History)』(1973) 등이 있다.

패터슨 시내를 산책하다:
윌리엄 카를로스 윌리엄스

부산은 국제영화제 때문에 영화의 도시로 알려져 있다. 부산시도 엄청난 예산을 투입하고 시민들도 촬영 장소 제공에 협조하거나 많은 편의를 제공한다. 부산에 연고를 두고 오랫동안 예술 활동을 한 작가나 예술가에 대한 영화를 제작하는 것은 어떨까? 부산의 지역성(locality)을 최대한 살리는 방편으로 부산에 사는 인물과 거리와 식당과 말투가 스며든 예술 영화가 출현하기를 기대한다. 이런 생각을 떠올린 것은 짐 자무쉬(Jim Jarmusch) 감독의 영화 〈패터슨(Paterson)〉(2016)을 보고 잔잔한 감동을 받았기 때문이다.

미국 시인인 윌리엄 카를로스 윌리엄스(William Carlos Williams)는 후기에 『패터슨(Paterson)』이라는 5권의 연작 시집을 발표한다. 초기에 그는 이미지즘의 영향을 받아 일상어로 된 짧고 간결한 이미지의 시를 발표했다. 후기에는 그가 살았던 뉴욕 근처의 소도시인 패터슨에서의 삶을 기록하듯이 묘사해 가장 미국적인 시인으로 평가받는다. 그는 평범한 미국 서민들의 삶을 쉬운 일상어로 묘사했다. 그가 활동하던 시기는 현학적인 모더니즘 시가 주류를 이루었고, 그는 상대적으로 덜 평가받았다. 그러나 그는 『브뤼겔에서 온 그림과 다른 시편들(*Pictures from Bruegel and Other Poems*)』 시집으로 퓰리처상을 받고 그의 이름을 딴 문학상이 제정되었다.

미국 문학사에서 그는 월트 휘트먼의 계보를 잇는 시인으로 평가받지만 나는 별다른 관심이 없었다. 그런데 영화 〈패터슨〉을 보고 난 뒤에 그의 시 세계에 대한 호기심이 생겼다. 시를 좋아하는 것도 개인의 취향이 많이 반영된다. 솔직히 나는 윌리엄스가 시적 기법이 아주 탁월하거나 비범한 시인으로 와닿지 않고 끊임없이 노력하는 시인으로 느껴졌다. 『패터슨』에 소아과와 산부인과 의사로서 주민들을 치료한 삶이 그의 시에 스며 있다. 특별할 것 없는 소소한 일상의 사물과 서민들이 그의 시적 소재로 자주 등장한다.

영화 〈패터슨〉의 주인공인 패터슨은 버스 기사인데 일상에서 느낀 것을 노트에 적으면서 담담하게 시적인 삶을 살아간다. 그는 유명한 시인도 아니고 책을 출간한 적도 없지만 순수하게 시를 쓰는 데서 기쁨과 성취를 느끼는 소시민이다. 기성 시인과 아마추어 시인의 경계를 허무는 착상이 빛난다. 누구나 시를 쓸 수 있으며 시인으로서의 명성이나 대중의 반응에서 자유로운 삶이 더 가치 있을 수 있다는 것을 보여 준다. 패터슨은 윌리엄스의 시를 좋아하고, 이 영화를 만든 짐 자무쉬 역시 그의 시적 세계를 탁월한 영상으로 풀어낸다.

윌리엄스는 시「옹호(Apology)」에서 다음과 같이 시인으로서의 사명감을 밝힌다. "나는 오늘 왜 시를 쓰는가?// 이름 없는 사람들의/ 처량한 얼굴에 서린/ 아름다움이/ 내가 시를 쓰도록 자극하네.// 유색인종의 여성들/ 날품팔이 일꾼들―/ 나이 들고 산전수전 다 겪은―/ 해 질 녘에 집으로 돌아오네" 그의 어머니는 푸에르토리코 출신이었고 아버지는 영국 출신인데 미국으로 건너온 이민 1세대였으며, 미국에 정착하면서 고난을 겪었다. 특히 그가 활동한 1930년대 전후는 대공황의 시기여서 유색인의 가난하고 고통스러운 삶이 자주 등장한다. 그러나 윌리엄스는 그들의 일상을 선명하고 경쾌한 이미지로 묘사해 독자와 비평가들의 관심을 끈다.

언어적 실험이 많이 들어간 『패터슨』 2권에 수록된 「일요일 공원에서(Sunday in the Park)」에는 윌리엄스의 시적 사유가 응축된 구절이 있다. "어떤 패배도 패배만으로 이루어진 것이 아니다―/ 패배가 여는 세상은 언제나/ 이전에 예상하지 못한 하나의 장소이기 때문이다./ 하나의 잃어버린 세계/ 하나의 예기치 않은 세계는 새로운 장소를 부른다. 그리고 (잃어버린) 흰 세계는/ 기억 속의 그 흰색만큼 희지는 않다."

누구나 겪게 되는 삶에서의 좌절과 실패에 대해 그는 새로운 비전을 제시한다. 실패가 그것으로 끝나는 것이 아니고 그 이면에 새로운 희망이 숨어 있으니 용기를 잃지 말라고 격려한다. 영화에서 패터슨이 애써 쓴 시 노트를 반려견 마빈이 물어뜯어 버려 실의에 빠졌을 때 산책길에서 만난 일본 시인이 건넸던 대사 "때로는 텅 빈 페이지가 가장 많은 것을 선사한다"와도 연결된다.

폭우가 내리고 무더웠던 8월이 끝나면 새로운 계절이 다가올 것이다. 실패한 나 자신의 쓰라린 가슴을 토닥토닥 위로해 주자. 이 세상에서 내 마음을 알아줄 사람은 아무도 없는지도 모른다. 괴로운 심연을 다 꺼내어 보여 줄 수 없는 막막함을 견뎌야 한다. 그러나 실패를 딛고 우리는 새로운 장소를 열어 나가는 개척자가 될 수 있다. 도전하는 삶은 그 자체로 찬란한 비상이니, 가벼운 마음으로 힘껏 날아 보자.

옹호

나는 오늘 왜 시를 쓰는가?

이름 없는 사람들의
처량한 얼굴에 서린
아름다움이
내가 시를 쓰도록 자극하네.

유색 인종의 여성들
날품팔이 일꾼들—
나이 들고 산전수전 다 겪은—
해 질 녘에 집으로 돌아오네
낡은 옷을 입고
오래된 피렌체 참나무 같은
얼굴들.

또한

당신들 얼굴의 전형적인
모습이 나를 감동시키네—

앞서가는 시민들—
똑 같은 방식은
아니지요.

Apology

Why do I write today?

The beauty of
the terrible faces
of our nonentites
stirs me to it:

colored women
day workers—
old and experienced—
returning home at dusk
in cast off clothing
faces like
old Florentine oak.

Also

the set pieces
of your faces stir me—

leading citizens—

but not

in the same way.

윌리엄 카를로스 윌리엄스(William Carlos Williams, 1883~1963)

윌리엄스는 미국 뉴저지 주의 러더포드에서 영국인 사업가 아버지와 푸에르토리코 출신 어머니 사이에서 태어났다. 그는 고등학생 때부터 시를 쓰고, 펜실베이니아대학교 의학부에 진학하여 소아과 의사가 되었다. 그는 고향인 러더포드로 돌아와 평생 동안 의사로 일하면서 미국적인 것을 소재로 삼아 시를 썼다. 그는 시를 "관념이 아니라 사물 그 자체로(No ideas but in things)" 표현해야 한다고 말하면서 이미지즘을 심화시킨 객관주의(Objectivism)를 주창하였다. 이미지와 정확한 표현을 중시하고, 과장된 상징주의를 배제하고 평면적 관찰을 기본으로 삼는 객관적인 시를 표방했다. 시집으로는 『신 포도(Sour Grape)』(1921), 『봄과 모든 것(Spring and All)』(1923), 『브뤼겔에서 온 그림과 다른 시편들(Pictures from Bruegel and Other Poems)』(1962) 그리고 연작시집인 『패터슨(Paterson)』이 있다. 그는 5부로 구성된 『패터슨』에서 미국인의 삶에 밀착된 일상적인 소재와 미국식 구어를 활용하여 미국적 서사시를 썼다.

유령의 울음소리:
오드리 로드

흰 국화가 길거리에서 슬프게 울고 있다. 사거리에 걸린 플래카드의 흰 국화를 보면 우울해진다. 꽃 같은 청춘들의 목숨을 앗아간 이태원의 비극은 오래도록 우리를 아프게 할 것이다. 코로나19가 유행하기 전, 서울에 있던 아이를 만나러 갈 때면 지인들과 이태원 앤티크 거리를 방문하곤 했다. 처음 이태원에 갔을 때는 낮이었는데 조금 실망했던 기억이 스친다.

뉴스에서 들었던 이국적인 분위기를 상상했지만 의외로 초라한 느낌이었다고 할까. 앤티크 그릇을 수집하는 지인들과 가게도 둘러보고 방송인 홍석천 씨가 하는 음식점에서 식사를 했다. 한 번은 저녁에 이태원에서 와인을 마셨는데 낮 풍경과 달리 분위기가 정겨웠다. 그 당시에도 해밀톤호텔 뒤쪽의 골목이 넓지는 않았다. 술집 내부가 숲속에 들어온 것처럼 아늑했던 추억이 떠오른다. 그 이태원에서 참사가 일어났기에 가슴이 먹먹했다.

핼러윈 축제는 기원전 5세기부터 아일랜드의 켈트족 문화에서 유래했다. 11월 1일이 모든 성인의 날인데 그 앞날인 10월 31일에 온갖 유령들이 출현한다는 이교도적 문화가 접목된 것이다. 유령에게 안 잡혀가려고 마녀와 괴물 등의 분장을 하고 이 집 저 집으로 돌아다니는 풍습이다. 아이들은 사탕을 얻으러 다니고, 사람들은 유령 가면이나 여러 복장을 하고 즐긴다. 우리의 탈춤처럼 가면을 쓰고 일상의 억압이나 스트레스에서 해방되고 싶은 욕망의 표출일 것이다.

젊은 사람들이 많이 모여든 까닭은 이태원의 독특한 분위기 때문일 것이다. 게이 카페와 앤티크 가게도 있고 다양한 국적의 사람들이 어울리는 공간이다. 사실 추석이나 설 명절에서 우리는 해방의 느낌을 누리지 않는다. 의무와 책임감에 다소 부담을 느끼는 것과 달리 핼러윈 축제는 그냥 즐길 수 있는 가벼움이 있다. 그들은 가면과 분장을 통해 전혀 다른 자아 혹은 아바타로 거리를 활보하고 싶었을 것이다.

미국의 흑인 여성시인 오드리 로드(Audre Lorde)는 서인도제도의 그레나다 이민자 가정에서 태어났다. 그녀는 동성애자로 커밍아웃을 한 후 아웃사이더의 삶을 살았다. 백인 동성애자 남성과 결혼해 두 아이를 낳았고, 이혼 뒤에는 백인 여성과 새로운 가정을 꾸려 아이를 키우며 동반자 관계를 유지했다. 이런 혼성 가족은 가부장제를 벗어난 공동체의 '돌봄' 가치에 대해 생각하게 한다.

그녀는 시인, 교수, 이론가, 활동가로서 전 세계 디아스포라 흑인 여성의 삶을 시 속에 투영한다. 자신의 유방암 투병기도 대중에게 공개하면서 우리 모두가 차별과 배제를 당할 수 있는 '흑인 어머니'의 입장임을 상기시킨다. 겹겹으로 쌓인 고난 속에서 '이성'보다는 '감정'을 느끼는 여성의 힘을 중요시한다. 미국 시단에 흑인 여성시인이 소외당하였던 암흑기에 온몸으로 투쟁한 급진적 페미니스트로서 퀴어 이론의 발전에도 기여했다.

그녀의 시집 『블랙 유니콘(The Black Unicorn)』에 실린 「후유증(Sequelae)」에는 아일랜드 민화에 나오는 '밴시(bansee)'가 모티브로 등장한다. 밴시는 구슬픈 울음소리로 가족 중의 누군가 곧 죽게 될 것임을 알려 주는 존재이다. 시적 화자는 밴시처럼 유령에 맞서 비명을 지른다. "나는 나에 관한 오래된 유령을 덧입혀 놓은/ 너의 형태들과 싸우고 있다/ 흑인이면서 여성이 아니라는/ 이유로 너를 증오하고/ 백인이면서 나 자신이 아니라는/ 이유로 너를 증오하는" 이 구절에서 보듯 그 어디에도 소속되지 못하는 아웃사이더의 고뇌를 토로한다. 후반부에서 "내 손은 불이 붙어 비명을 지르는 칼을 움켜쥐었다/ 물고기로 가장한 거만한 여자가/ 걸인처럼/ 우리가 함께 나누어 쓰는 심장 속으로/ 칼을 더 깊이 더 깊이 내리꽂는다"라고 아주 강렬하게 호소한다. 우주선이 착륙하는 최첨단의 미국에서 차별과 억압이 여전히 존재한다고 그녀는 유령의 목소리를 통해 표출한다.

로드는, 대신 울어 주는 곡비(哭婢) 혹은 밴시처럼 고통에 처한 이웃의 아픔에 깊이 공감한다. 그녀는 산문집 『시스터 아웃사이더(Sister Outsider)』에서 "우리 여성들에게 시는 사치가 아니다. 시는 우리가 존재하는 데 없어서는 안 될, 우리의 생명 줄이다"라고 선언하면서, 시가 가진 고유한 빛이 여성의 생존과 변화를 촉구해 행동으로 이어지게 한다고 말한다.

우리도 로드처럼 이태원 참사에 희생된 분들을 위해 울고 있는 슬픈 유령들이다. 2014년 그 참혹한 세월호 사건을 겪은 이후에도, 초등학교와 중·고등학교에서 기초 수영교육이 제대로 이루어지지 않고 있다. 시설이 부족한 이유도 있겠지만 교육 행정이나 안전에 대한 인식이 개선되어야 한다. 우리의 정치 문화에 '돌봄'이라는 개념이 일상의 작은 영역에 더 깊이 정착되어야 할 것이다.

후유증

불타는 칼이 나의 문설주 양쪽에 새김 눈을 냈기에
내가 그 사이에 서 있었기에
다른 두 집에서 나온 재로 쓴 문장이 그을린 내 손에 담겼고
한밤중에 찾은 것들이 뒤헝클어진 금줄을 엮고 있다
심지어 나를 알지 못하는
사람들의 꿈속에 내가 등장한다
밤은 별들의 물집이다
전화벨 소리가 울리는 악몽에 찔린
내 손은 수화기다
풀려버린 모터처럼 위협적이고
목소리 없는 아침의 통증만큼 유혹적이다
목소리가 사라진 부엌을 나는 기억한다
내 목 안의 밴시처럼 비명을 지르는 콘플레이크
나는 나에 관한 오래된 유령을 덧입혀 놓은
너의 형태들과 싸우고 있다
흑인이면서 여성이 아니라는
이유로 너를 증오하고
백인이면서 나 자신이 아니라는
이유로 너를 증오하는

이 기억의 카니발 속에서
나는 너희 둘에게 권력을 내려놓음이라는 이름을 붙인다
피 흘린 수많은 세월이 지났어도
아직 이루지 못한 분리
어제
내 눈은 분노처럼
열쇠 구멍에 딱 붙어 있다
홀로 사냥하는 한 마리 치타처럼
방황하는 방들
기다리는 것을 거부한 모든 여성에게 예정된
재난을 초래하는 전설들과 벌이는 놀이는
헛된 일이다.

새로운 방 안에서
나는 너의 형체를 간직한 오래된 장소로 들어간다
내 목소리 안에서
분노한 너의 톡 쏘는 냄새에 사로잡혀
믿으라고 유혹하는 초대장 뒤에서
너의 얼굴은
유리 뚜껑 아래의 푸딩처럼 기울어져 있다
그리고 가장 깊은 지하 수로인
내 심장으로부터 기어 나와
나는 높은 음조의 네 목소리를 듣는다

타협은

아무도 살지 않는 격식을 갖춘 집으로

흘러 들어오는 해초처럼 시뻘겋게 녹슨 못을

관에 박는 것이다

선택의 여지가 없고

내가 가는 길에 오래된 불만들이 흩어져 있다

지나치게 방어하는 마음은 여전히 방화 벽돌처럼 견고하고

홍역처럼 흉하고 위험하다

경계심이 시들어 쓸모없지만

경계하는 그 마음은 썩지 않는다.

......

Sequelae

Because a burning sword notches both of my doorposts

because I am standing between

my burned hands in the ashprint of two different houses

midnight finds weave a filigree of disorder

I figure in the dreams of people

who do not even know me

the night is a blister of stars

pierced by nightmares of a telephone ringing

my hand is the receiver

threatening as an uncaged motor

seductive as the pain of voiceless mornings

voiceless kitchens I remember

cornflakes shrieking like banshees in my throat

while I battle the shapes of you

wearing old ghosts of me

hating you for being

black and not woman

hating you for being white

and not me

in this carnival of memories

I name you both the laying down of power

the separation I cannot yet make

after all these years of blood

my eyes are glued

like fury to the keyholes

of yesterday

rooms

where I wander

solitary as a hunting cheetah

a play with legends call disaster

due all women who refuse to wait

in vain;

In a new room

I enter old places bearing your shape

trapped behind the sharp smell of your anger

in my voice

behind tempting invitations

to believe

your face

tipped like a pudding under glass

and I hear the high pitch of your voice

crawling out from my hearts

deepest culverts

compromise is a coffin nail

rusty as seaweed

tiding through an august house

where nobody lives

beyond choice

my pathways are strewn with old discontents

outgrown defenses still sturdy as firebrick

unlovely and dangerous as measles

they wither into uselessness

but do not decay.

......

오드리 로드(Audre Lorde, 1943~1992)

∽

로드는 1934년에 뉴욕시 할렘에서 카리브해의 국가인 그레나다 이민자 가정의 세 딸 중 막내로 태어났다. 서인도 제도에 관한 어머니의 이야기를 들으며 어릴 때부터 시와 글쓰기에 재능을 드러내었다. 그녀는 흑인 레즈비언 시인, 도서관 사서, 출판인, 교수 등의 다양한 이력과 활발한 사회 참여 활동으로 미국의 블랙 페미니스트와 퀴어 이론에 큰 기여를 했다. 자신의 온전한 정체성을 회복하고자 받은 아프리카 이름은 감바 아디사(Gamba Adisa)이다. 그녀의 시와 산문은 유색 여성 작가들에게 깊은 영향을 끼쳤으며, 백인 페미니스트들이 주류를 이루던 아카데미 담론을 비판하면서 큰 반향을 불러일으켰다. 저서로는 시집인 『석탄(Coal)』(1974), 『블랙 유니콘(The Black Unicorn)』(1978), 자전 소설인 『자미: 내 이름의 새로운 철자(Zami: A New Spelling of My Name)』(1982), 에세이와 연설문 모음집인 『시스터 아웃사이더(Sister Outsider)』(1984) 등이 있다.

잡초의 권리:
루이즈 글릭

새벽 4시에 일어나 일기 예보를 살펴보았다. 소나기가 온다 했는데 훌쩍 여행을 가고 싶어 소백산으로 무작정 떠났다. 소백산 정상이 알프스산맥 같은 이국적 풍경이라는 말에 귀가 솔깃했다. 우리나라 산의 이름에는 불교에 나오는 어휘와 겹치는 것들이 많다. 오랜 세월 동안 불교의 영향권 아래 살아온 내력 탓일 것이다. 소백산 정상에 가면 비로봉이 있는데 아마도 비로자나불에서 유래한 것이리라.

소백산까지 걸어가는데 중간에 후드득 비가 쏟아졌다. 하산을 하는 사람도 있었지만 그냥 직진을 했다. 내려오는 등산객에게 상황을 물어보니, 산 정상은 곰탕이라고 했다. 희뿌연 안개가 온 산을 덮어 아무것도 보이지 않는다는 말이다. 작은 우산을 펼치고 뚜벅뚜벅 걸어가니 자작나무 숲길이 나왔다. 자작나무를 보면 시베리아의 눈 내린 들판이 떠오른다. 안개가 자욱한 길을 불안하게 가다 보니 산 정상에 도달했다. 서풍이 거세게 불었고 한여름인데도 서늘한 기운이 감돌

왔다. 그래도 비로봉 정상까지는 가야 한다는 의지로 뚜벅뚜벅 걸었다. 비로봉에 도달하니 높이가 1,439미터였다. 아무것도 보이지 않는 소백산의 표지석을 보니 왠지 억울한 생각이 밀려왔다. 앞으로는 무모하게 일을 하지 말아야지 하는 반성문을 쓰고 싶었다.

그런데 갑자기 거대한 바람이 서쪽에서 불어오더니 거대한 구름과 안개를 어딘가로 휘몰아 갔다. 안개가 걷히면서 드러나는 소백산의 비경은 너무나 신비스러웠다. 소백산 정상에는 아주 낮은 풀들이 자리를 차지하고 있었다. 여름 꽃인 비비추가 피었다 바람에 쓰러져 있었고 초롱꽃도 보였다. 바람이 부는 산의 정상을 점유한 무수한 잡초들의 노래가 휘몰아치는 안개 사이로 들려왔다. 옷과 신발이 온통 젖었지만 광활하게 펼쳐진 풀들의 휘파람 소리에 환희가 밀려왔다.

며칠 전에 읽은 루이즈 글릭의 시 「개기장풀(Witchgrass)」이 떠올랐다. 글릭은 2020년 노벨 문학상을 수상한 미국의 여성 시인이다. 영어 그대로 번역을 하자면 '마녀의 풀'이 더 적당할 것 같다. 학명은 '개기장속(屬) 잡풀'이라고 기록되어 있는데, 한국에서도 이 풀은 많이 발견된다. 이 시가 수록된 시집 『야생 붓꽃(The Wild Iris)』은 정원을 가꾸는 정원사의 감정을 꽃을 통해 표현한다. 정원사는 중간중간 기도도 읊조린다. 백합, 양귀비, 나팔꽃, 설강화(Snowdrop) 같은 꽃들이 소재로 등장해 잔잔하게 삶을 위무하는 목소리를 들려준다. 그 가운데 꽃이 아닌 잡초에 주목하는 이 시가 묘한 감동을 준다.

살아간다는 것은 어쩌면 잡초로서 나의 존재를 깨달아 가는 것인지도 모른다. 위대한 꿈과 야망을 추구하지만 우주의 먼 시선에서 보면 우리 모두는 한낱 풀잎일 수 있다. 개기장풀은 무시당하고 때로는 짓밟히는 일상 안에서 묵묵히 이 지구를 지키는 존재이다. 「개기장풀」의 마지막 구절은 다음과 같다.

나는 살아남기 위해 당신의 예찬이 필요하지 않아요./ 나는 여기에 제일 먼저 있었어요./ 당신이 여기에 있기 전부터,/ 당신이 정원을 만들기 전부터./ 나는 여기에 있을 거예요 태양과 달만 있어도,/ 바다와 거친 들판만 남아 있어도. // 나는 이 들판의 입법자가 될 겁니다.

글릭의 '잡초'는 19세기 미국 시인인 월트 휘트먼의 '풀잎'의 정신을 계승한 측면도 있다. 민주주의의 토대를 웅장한 시로 노래한 휘트먼의 후예로서 그녀는 시적 어조가 장중하지는 않지만 정원에서 자라는 잡초의 사회적 위치를 변호하고 있다. 인위적으로 만든 아름다움이나 제도가 때때로 자연을 압도하지만 글릭은 그러한 것을 강하게 거부한다. 원시적 생명력 자체에 주목하는 시선이 서정 시인으로서의 그녀의 면모를 부각시킨다. 시어는 간결하고 쉬운 어조로 표현되지만 그 내면은 단단한 열매처럼 깊다.

글릭은 젊었을 때 거식증을 오랫동안 앓았다. 그것을 치유한 경험이 은연중에 시에도 녹아 있을 것이다. 음식을 거부하는 심리에는 사회가 부가한 아름다움에 대한 강박증이 스며 있다. 아주 소량의 음식을 섭취해야 한다는 강박에 시달리다 그것을 어기면 토하거나 폭식을 하는 악순환이 이어진다. 살이 찌는 것에 대한 두려움과 그것을 극복하려는 행위가 반복되면서 주체는 점점 파괴되어 간다. 거식증의 이면에는 구강 충동이 제대로 해소되지 않은 것이라는 분석도 있지만, 현대 사회가 강요하는 미의 기준이 여성 혹은 남성에게 가혹한 측면이 분명히 있다.

'뚱뚱해도 괜찮아. 있는 그대로의 네가 제일 멋져!'라고 말해 주는 문화가 필요하다. 외모나 실력 등에 집착하지만 정작 삶을 든든하게 해 주는 비밀은 있는 그대로의 우리를 서로 아껴 주고 사랑해 주는 것이다. 늙고 추해져도 당당하게 자신을 가꾸는 지혜를 글릭의 시에서 배운다. 비바람이 몰아쳐도 정상을 굳건히 지키는 소백산의 아름다운 잡초들처럼!

개기장풀

......

우리 둘이 알다시피,
당신이 하나의 신을 섬기려면
당신은 단지 하나의 적이
필요한 것이지요—

내가 그 적은 아닙니다.
당신이 바로 여기 이 침대에서 발생하는 일을
무시하려는 단지 하나의 전략이며,
실패에 대한 작은 전형적인
사례이지요. 당신의 소중한 꽃들 중 하나가
여기서 거의 매일 죽고 있으니,
그 원인을 찾아 처리할 때까지
당신은 쉴 수가 없지요, 이 말은

무엇이 남겨지든지, 그 어떤 것도
당신의 개인적인 열정보다
훨씬 더 질기게 살아남을 거라는 뜻이지요—

이 현실 세계에서
그것이 영원히 지속된다는 것을 의미하지는 않아요.
하지만 왜 그것을 허용하는지, 당신은
늘 하는 일을 할 수 있을 때에
애도와 비난을 동시에 합니다,
그 두 일은 언제나 함께 일어나지요.

나는 살아남기 위해 당신의 예찬이 필요하지 않아요.
나는 여기에 제일 먼저 있었어요,
당신이 여기에 있기 전부터,
당신이 정원을 만들기 전부터.
나는 여기에 있을 거예요 태양과 달만 있어도,
바다와 거친 들판만 남아 있어도.

나는 이 들판의 입법자가 될 겁니다.

Witchgrass

......

as we both know,
if you worship
one god, you only need
one enemy—

I'm not the enemy.
Only a ruse to ignore
what you see happening
right here in this bed,
a little paradigm
of failure. One of your precious flowers
dies here almost every day
and you can't rest until
you attack the cause, meaning

whatever is left, whatever
happens to be sturdier

than your personal passion—

It was not meant
to last forever in the real world.
But why admit that, when you can go on
doing what you always do,
mourning and laying blame,
always the two together.

I don't need your praise
to survive. I was here first,
before you were here, before
you ever planted a garden,
And I'll be here when only the sun and moon
are left, and the sea, and the wide field.

I will constitute the field.

루이즈 글릭(Louise Elizabeth Glück, 1943~2023)

⁓

글릭은 미국의 시인이자 수필가이며, 1968년 시집 『맏이(*Firstborn*)』로 등단하였고, 1993년 시집 『야생 붓꽃(*The Wild Iris*)』으로 퓰리처상과 전미도서상을 수상했다. 글릭의 시는 신화와 고전에서 모티브를 얻고 그것을 자신만의 시어로 독특하게 형상화한다. 시집 『아베르노(*Averno*)』(2006)에서는 죽음의 신 하데스에게 붙잡혀 지옥으로 떨어진 페르세포네 이야기를 현대적 시각으로 재해석한다. 그녀는 2020년 노벨 문학상 수상자로 선정되면서 한국에 소개되었다. 글릭의 시는 간결한 시어와 단단한 문체를 통해 인간 내면의 본성을 객관적인 화법으로 전달한다. 자연의 소재를 활용하면서 그녀만의 독특한 서정시를 개척한 것으로 평가된다.

상실의 시학:
엘리자베스 비숍

북극에서 내려온 한파 때문에 두꺼운 코트를 입어도 찬 기운이 몸 안으로 스며든다. 곳곳에 장식해 둔 크리스마스트리의 불빛이 따스하다. 추운 날에 마구간에서 태어난 아기 예수를 생각한다. 가난한 산모가 해산할 곳이 없어 마구간에서 아기를 낳았으니 얼마나 힘들었을까. 하늘의 별자리를 보고 찾아온 동방박사의 지혜가 놀랍다. 겨울에 따스한 희망을 전해 주는 아기 예수는 신비롭다. 가난한 사람들을 위해 그는 스스로 겨울을 선택해 태어난 것이 아닐까.

부유하든 가난하든 소중하지 않은 자식이 없는데, 숭고한 모정을 포기하는 일이 종종 있다. 외롭게 아이를 출산하는 미혼모를 떠올린다. 최근에 아기를 낳은 가정에 실질적인 경제 지원을 하는 정부 정책이 나와 반가웠다. "결혼은 미친 짓"이라는 말이 유행할 정도로 청춘의 삶이 팍팍한 현실이다. 정상 가정과 미혼모가 비슷한 양육 환경을 가지기를 바란다.

한 해의 끝이 아쉬워 연말에는 모임이 많다. 무사히 한 해를 잘 보냈는지 염려하는 마음이 있기 때문이다. 우리도 언젠가는 이 지상을 떠날 것이다. 가족이나 연인을 갑작스럽게 잃는 것은 얼마나 고통스러운가. 현대의 자본주의는 우리에게 더 많은 것을 소유하고 소비하도록 유도한다. 자본의 위력을 비판하면서도 삶의 토대를 구축하는 것이 자본이기에 어쩔 수 없이 따르게 된다. 그 누구도 이러한 자본의 구조에서 완전히 자유로울 수 없다. 소유욕을 추구하되 절제하는 미덕이 필요한 시대이다.

소유를 지향하는 현대 사회에서 미국 시인인 엘리자베스 비숍(Elizabeth Bishop)은 오히려 '상실의 시학'을 전개한다. 가장 사랑하는 사람을 잃었던 슬픔이 그녀의 시인 「한 가지 기술(One Art)」에 녹아 있다. 생후 8개월 만에 건축가였던 아버지가 세상을 뜨고 그 영향으로 어머니마저 정신 질환을 앓다가 정신병원에 입원하게 된다. 그때가 그녀의 나이 다섯 살 무렵이었다. 이후로 비숍은 외가와 친가의 조부모 집으로 옮겨 다니며 양육된다. 주체가 형성되는 유아기에 애착 경험이 부족한 비숍은 우울증을 앓기도 하고 알코올에 의존하기도 했다. 그런 그녀가 심리적 안정을 일시적으로 찾았던 것은 브라질에서 건축가 로타 소아레스(Lota Soares)를 만난 시기였다. 그들의 만남과 사랑의 이야기는 영화로 제작되었다. 원래 제목은 〈달에 도달하기(Reaching for the Moon)〉였는데, 한국에서는 〈엘리자베스 비숍의 연인〉이란 제목으로 상영되었다.

브라질에서 로타와 15년 동안 지내는 동안 비숍은 브라질 시인들을 미국에 소개하기도 했다. 그러나 로타와의 사랑은 성격 차이와 갈등으로 끝나고 사업에 실패한 로타는 자살을 한다. 정신 형성에 있어 기본적인 틀이 되는 부모의 사랑이 결핍되고 연인마저 상실한 그녀가 그 참혹한 고독을 극복하는 데 시 창작은 일부분 도움이 되었을 것이다. 「한 가지 기술」에서는 어머니가 정신병원으로 떠난 이후 한 번도 만나지 못했지만 소중히 간직했던 어머니의 시계를 잃어버린 에피소드가 등장한다.

난 어머니의 시계를 잃어버렸어요. 그리고 보세요! 내가 사랑하는/ 세 채의 집 중 마지막, 아니 마지막에서 두 번째 집도 사라졌어요./ 상실의 기술을 숙달하기는 어렵지 않아요.// 난 사랑하는 것들을, 두 개의 도시를 잃었어요, 내가 소유한 광활한 영역인 두 개의 강과 하나의 대륙을 잃었지요./ 난 그것들을 그리워하지만, 그것이 재앙은 아니었어요.

이 구절에서 보듯 비숍은 상실에 대한 깊은 통찰을 통해 자존감을 강화시킨다. 인생에서 상실은 피할 수 없는 것이라는 깨달음을 단아한 시 형식으로 토로한다. 이 시는 반복적인 리듬과 적절한 시적 모티브를 활용하여 죽음 혹은 이별로 고통받는 독자를 위로한다.

그리고 나는 비숍이 로타의 머리를 감겨 주면서 쓴 시가 참 인상적이었다. 「샴푸(The Shampoo)」라는 시에서 연인의 머리에 난 흰 머리카락을 별똥별로 인지하는 그녀의 따스한 감수성이 돋보인다. 그리고 영화에서 로타가 비숍의 작업실을 만들어 주는 장면은 감동이었다. 알코올 중독 증세가 있는 비숍을 배려하는 로타의 마음과 그것을 시로 승화시킨 그들은 미국 문학사와 브라질 건축사에서 한 획을 긋는다. 예술도 소중하지만 인생의 순간도 숭고한 것임을 비숍은 시에서 재치 있게 전달한다.

비숍은 살아생전에 작품 발표를 많이 하지 않았지만, 사후에 '엘리자베스 비숍 현상'이라 일컬을 정도로 그녀에 대한 연구가 활발해졌다. 이 추운 겨울에 연인의 몸을 안아 주거나 다정하게 씻겨 주는 추억을 나누면 좋을 것이다. 언젠가 사라지는 존재일지라도 우리 모두는 소중한 우주의 빛이다.

한 가지 기술

상실의 기술을 숙달하기는 어렵지 않아요.
그토록 많은 물건들은 잃어버릴 의도로 가득 차 있으니
그것들을 잃어버리는 것이 재앙은 아니에요.

날마다 뭔가를 잃어보세요. 문 열쇠를 잃어버리고
허둥거리는 상황과 낭비한 시간을 받아들이세요.
상실의 기술을 숙달하는 것은 어렵지 않아요.

더 멀리 있는 것을 잃는 연습을 해 보세요, 더 빨리.
장소들, 이름들, 여행하려 했던 곳들을.
이것들 중에서 어떤 것도 재앙을 가져오지는 않아요.

난 어머니 시계를 잃어버렸어요. 그리고 보세요! 내가 사랑
하는
세 채의 집 중 마지막, 아니 마지막에서 두 번째 집도 사라졌
어요.
상실의 기술을 숙달하기는 어렵지 않아요.

난 사랑하는 것들을, 두 개의 도시를 잃었어요, 내가 소유한

광활한 영역인 두 개의 강과 하나의 대륙을 잃었지요.
난 그것들을 그리워하지만, 그것이 재앙은 아니었어요.

......

One Art

The art of losing isn't hard to master;
so many things seem filled with the intent
to be lost that their loss is no disaster.

Lose something every day. Accept the fluster
of lost door keys, the hour badly spent.
The art of losing isn't hard to master.

Then practice losing farther, losing faster:
places, and names, and where it was you meant
to travel. None of these will bring disaster.

I lost my mother's watch. And look! my last, or
next—to—last, of three loved houses went.
The art of losing isn't hard to master.

I lost two cities, lovely ones. And, vaster,
some realms I owned, two rivers, a continent.
I miss them, but it wasn't a disaster.

......

샴푸

바위에서 여전히 폭발이 일어나고,
이끼들이, 회색 동심원의 기이한 형태로
번지며 자라나요.
달 주위를 맴도는 둥근 고리를 만나려
이끼들이 배치되었지요, 물론
우리의 기억 속에서 이끼들은 변하지 않았어요.

……

당신의 검은 머리카락 사이로 날아가는 별똥별이
빛나는 형상으로
어딘가로 몰려가네요,
쭉 뻗은 직선으로, 그토록 빨리?
—자, 달처럼 찌그러진 채 반짝이는
커다란 양철 대야에 당신의 머리를 씻겨 드릴게요.

The Shampoo

The still explosions on the rocks,
the lichens, grow
by spreading, gray, concentric shocks.
They have arranged
to meet the rings around the moon, although
within our memories they have not changed.

......

The shooting stars in your black hair
in bright formation
are flocking where,
so straight, so soon?
—Come, let me wash it in this big tin basin,
battered and shiny like the moon.

엘리자베스 비숍(Elizabeth Bishop, 1911~1979)

비숍은 미국의 시인이자 작가이며, 1949년부터 1950년까지 미국의 국민 시인이었다. 그녀는 1956년에 퓰리처상, 1970년에 내셔널 북 어워드, 1976년에 노이슈타트 국제문학상을 수상하여 20세기를 대표하는 미국 시인으로 꼽힌다. 2013년에 상영된 영화 〈달에 도달하기(Reaching for the Moon)〉는 비숍의 삶과 시를 조명하고 있다. 이 영화는 그녀가 40세였던 1951년에 브라질로 여행을 떠났다가 만난 여성 건축가 로타 소아레스(Lota de Macedo Soares)와의 사랑과 이별을 담고 있다.

시집은 『북과 남(North & South)』(1946), 『차가운 봄(A Cold Spring)』(1956), 『여행에 대한 질문(Questions of Travel)』(1965) 등이 있다. 로버트 로월과는 오랜 친구 관계였고, 비극적인 유년의 삶과 세계를 여행한 독특한 이력은 다분히 신비스럽다. 다작은 아니었지만 완벽한 시를 발표함으로써 후대의 시인에게 깊은 울림을 주는 시인이다.

발표지 목록

부산일보 〈김혜영의 시인의 서재〉 칼럼

2020년

1월 2일 「신사의 품격」

2월 13일 「평민 영웅, 리원량의 죽음을 애도하며」

3월 26일 「수선화 화분을 사다」

5월 7일 「다중지성과 미래의 숲」

6월 18일 「레즈비언의 사랑시」

7월 30일 「우리 함께 떠나요, 푸른 공항으로」

9월 10일 「앤 섹스턴의 시를 읽는 가을 아침」

10월 19일 「'개 같은 가을이'이 오는 길목에서」

12월 10일 「눈 내리는 숲에서 만난 로버트 프로스트」

2021년

1월 15일 「백조를 노래한 시인, 예이츠의 첫사랑」

3월 5일 「우울증을 앓는 튤립과 자살」

4월 16일 「식탁을 차리는 예수와 그릇들」

5월 28일 「테드 휴즈와 젠더 폭력」

7월 9일 「여름날의 태양과 셰익스피어의 소네트」

8월 13일 「잡초의 권리를 옹호한 루이즈 글릭」

9월 17일 「달빛 아래 술잔을 건네는 추석」

10월 22일 「이미지 정치의 한계와 모성적 정치」

12월 10일 「유쾌한 결혼식과 크리스티나 로세티의 시」

2022년

1월 21일 「K팝의 전설과 랭스턴 휴즈의 시」

3월 4일 「소수자의 감정과 캐시 박 홍의 시」

4월 15일 「기러기처럼 날아가는 여행」

5월 27일 「김지하와 휘트먼, 민주주의를 위한 노래」

7월 7일 「늙은 바다와 아버지의 초상: 로버트 로월의 시 」

8월 18일 「패터슨 시내를 산책하는 시인: 윌리엄 카를로스 윌리엄스 」

9월 29일 「차학경의 『딕테』와 죽음의 서사」

11월 10일 「오드리 로드와 유령의 울음소리」

12월 22일 「엘리자베스 비숍과 상실의 시학」

영미시의 매혹

초판 1쇄 발행 2024년 12월 24일

지은이 김혜영
펴낸이 강수걸
편집 이선화 강나래 이소영 오해은 이혜정 김효진 방혜빈
디자인 권문경 조은비
펴낸곳 산지니
등록 2005년 2월 7일 제333-3370000251002005000001호
주소 부산시 해운대구 수영강변대로 140 BCC 626호
전화 051-504-7070 | 팩스 051-507-7543
홈페이지 www.sanzinibook.com
전자우편 sanzini@sanzinibook.com
블로그 http://sanzinibook.tistory.com

ISBN 979-11-6861-403-1 03810

* 이 도서는 2024년 부산광역시, 부산문화재단 〈부산문화예술지원사업〉으로
지원을 받았습니다.